ちくま文庫

父と私 恋愛のようなもの

森茉莉
早川茉莉 編

筑摩書房

もくじ

第一章　幼い恋

章扉のコラージュ　早川茉莉

父と私　恋愛のようなもの

第一章　幼い恋

私の最初の恋人は父で、あったた。

私の恋人森鷗外

幼《おさな》い恋

上野の森を見晴らす本郷台の崖の端に、大きな二階建ての家が、あった。泰山木《たいさんぼく》、百日紅《さるすべり》なぞの枝で半ばは隠された二階の下には、二階を首にして獣の体のように、長く東に延びた平家があり、それを両側から挟んでいる広々とした庭が、あった。その二つの庭は幼い私の遊び場所で、あった。南の庭の東寄りに、青桐の聳えている下に、一本の灌木が、あった。その木が私にとって親しみ深かった事は、どんなであったろう。それは提灯の木といって、白い小さな花の咲く木で、あった。その花は春に、咲いた。春になるのも、秋が来るのも、幼い子供にとっては不意打ちのことで、あった。

或日、暖かな大気が私の家のある辺りに満ちて、いた。温かな、倦げに曇った硝子戸の中で、私は春の朝を迎える。廊下にゆき、硝子戸に顔をくっつけて視ると、提灯の木は白く、花咲いていた。青白くて、きっぱりとした顔を殆んどの時崩したことのない母の方をちらと窺い、直ぐに玄関から下駄を履くと、私は駈け出すようにして北側の花畑から、東隣りとの堺の椎の木の並んだ、じめじめとした塀の際を廻って、提灯の花の下へ、行くので、あった。家の庭には他にもいろいろの花が、あった。薄紅色の花が軽く、薄い花弁《はなびら》を重ねて、捉《つか》まえることの出来ないもどかしさを私に見せている。乙女椿、過ぎ去った夏の日に、海岸で拾った桜貝が何枚となく集まって、私をおどかそうとして秘密に重なり、夜の内に出来ていた、そんなようにも見える乙女椿も、あった。又裏庭の空の一部を白く、重く蔽い、その間に、青い空の破片《かけら》を燦《きら》めかせている白木蓮《びやくもくれん》も、あった。だが私が何よりも親しみ、離れ得ないように思ったのは白い、細《こま》かな提灯の花で、あった。それは何故で、あったのだろう。それは誰にも解り得ない。私の最大の親しい場所であった父の膝と、この提灯の花の下とは私の、いろいろな厭なものから逃れてゆく、安らぎの場所で、あった。厳しい母の躾けや、強制的な勉強、飲みにくい丸薬、眼薬の点眼なぞから逃れる、それは逃避の場所で、あった。そういう場所というものは子供にとってどんなに親しい、柔《やさ》しいものであろう。子供のそういうものへの親しみ、懐しむ心、それは多くの大人の想像し得ない、深いものであった。それは恋の心のはじまりでも、あった。私の、父への「幼《おさな》い恋」はこの木の下に、芽生えた。その木の下に佇む時の、私の歓びはどんなで、あったろう。槍の穂さきのような形をした葉をつけた枝の先に、細《ほそ》い数本の茎が下り、その尖端《さき》に提灯のような形をした白い花が、群ってついていた。私はその木の下に入《はい》るようにして佇み、薄緑《うすみどり》の茎と白い花との雨の中に、小さな体をひそませる。すると何故とも知れない歓びが湧いて来て、それが私を捉え、私をその木の下に勁く、索《ひ》き留めるので、あった。風が冷えて、辺りが昏くなると花はいよいよ白くなり、ちらちらと瞬《また》いていて、私を美しい、細《こま》かな柔《やさ》しさの中に、包みこもうとするようで、あった。遠くで硝子戸の開《あ》く音がして、母の声が私を招ぶと、私は夢から醒めたようにして、花の下から離れた。

家中《いえじゅう》何処ででも父を見つけると、私は直ぐに行って飛びつき、膝に乗った。父の膝の上にいる時私は、大きな樫の木の下にいるような想いに浸されるので、あった。樫の木は大きく深々とした枝を拡げていて、私を包んで呉れていた。又葉蔭には細《こま》かな、匂いのいい花をつけていて、さやさやと鳴り、揺籃《ようらん》のように私を揺《ゆす》るので、あった。私は父の胸に頬を擦りつけ、じっとしていた。葉巻の燻香《におい》のする父の膝の上で、私は提灯の木の下を、想い浮べて、いた。父の膝と、提灯の花の下と、その二つのものは何故か、似ていた。父の膝と、提灯の花と、その二つは私にとって同じもので、あったのだろうか。漣《さざなみ》の立つ河の面《おもて》に影を交えて揺れ動く、二つの異《ちが》ったものの影のように、その二つは似ていた。

《よし、よし、おまりは上等よ》

耳の傍《そば》で父の声が言った。

何故ともなく私は父を、自分だけのものだと、信じていた。恐るべき自我を持つ幼児の心を、私が持っていて、父の胸の中にいるのは自分一人だけだと、信じていたのだったのだろうか。私の幼時が、父の壮年期の終りであって、子供の性質の異《ちが》いもあるのだろうが父と娘との関係が、妹の場合には幾分か父の方からも寄りかかるような所があって、私のように全心を父の胸の中に、憧憬とともに投げ入れていた、花の木の下に比べるようなものではなかったからなのだろうか。ともあれ父の愛情を、自分のものだと信じていた私の幼い、傲慢な心の根は、勁い蔓のある植物のように育ち、永く私の中にわだかまって、いた。私の幼時の記憶には、どこにでも父の影が差している。私の遠い記憶は、父との世界の中に、あった。父の膝の、葉巻の燻香《におい》のする中に、握りあわされた掌の、なめらかな手袋を距てた温《ぬく》もりの中に、私の幼時の想い出はあったのだ。

父は出征して満州にいた時、母から送られた写真を見てはじめて私を、知った。私がどんな童女《こども》かという事を、知ったので、あった。父が戦地へ発った時の私は、生れたばかりで、眼鼻立ちも確かでない赤子《あかご》であったからである。写真、母の手紙の中にあった私の小さな掌形、それらは父と私とのこの世での最初の親しみ、最初の愛情で、あったのだ。戦地に送られた私の面影が、父の「幼い私への恋」の肇《はじ》めで、あった。父の眼に映った私は、一人の美少女であった。父にとって私は、又ひどく性質のいい童女《こども》でも、あった。《日本の女の唇の端《はし》は平らだ。まりのは両端がへこんでいる。こういうのが上等なのだ》こんな言葉を父が母に言っているのを私は聴いていた。《泥棒も、おまりがすれば上等よ》或日父はこんな事を、言った。私が伯父の部屋から、鑵の中の菓子を黙って持って来たのを、伯父が怒って告げに来た時の事である。私が五つの時の冬、百日咳にかかって死にかけた時の、父の哀しみは、酷かった。苦しむ私を見ていて、父は理性を失い、医者の言葉に乗って、私に安楽死を与える決心を、しかけたので、あった。私の病気が絶望に陥っていた或日、父は役所から帰って来て、玄関に立った儘で母に、言った。《俺は役所の裏の池を見ると、ここに菖蒲が咲いたら茉莉に見せようと思っていたが、それはもう出来ないのだなと、思う。電車に乗れば、もう茉莉を伴れて乗ることはないのだなあ、と思う。茉莉を伴れて行こうとか、茉莉とどうしようとか、茉莉というものだけで、俺は今まで生きていたのだ》と。父は私を最初に生れた女の子として愛し、比べるものがないように、想っていた。私の傍《そば》で父が母に言う言葉、母から聴く父のいろいろな言葉を、私は聴いていた。それらのものは私の心に、浅はかな傲り、高慢な想いを植えつけ、父を自分のものだと信ずる心は、その心の根の上に養われ、培われたのであった。そのようにして私は、幾つになっても父に甘え、やがてひどく幼い所のある、体ばかりが大きい一人の娘に、生長した。

薔薇《ばら》の棘《とげ》のいたみ

満十六歳になった時、私は一人の青年と婚約した。私がまだ学校に行っていたので、婚約は一年の間、続いた。その婚約の期間が終りに近づいた頃の事で、あった。私は父と自分との間に、妙な空気を、感じた。その空気は父と私との間に、冷やかなものがそっと入って来たようにして、入って来た。それは夏の終りの暑さの底に、私たちが秋を感じる時のような微《かす》かな気配で、あった。まだ熱さも、光も、皮膚を焦がす陽光も夏の儘でいながら、その底に、もう秋がある、あの秋の最初の萌しのように、それはひそかな気配で、あった。父の私を見てする微笑も、ようすも、少しもそれまでと変ってはいない。それなのに私は父と自分との間に、何かが挟まっているのを、感じた。話しかけたり、甘えたりする私に、父はそれまでと少しも変らないようすで答えたり、微笑《わら》ったりするのだ。だがどこかが異《ちが》っている。私はそれを感じていた。私から秘かに顔をそむけ、それとなく私の視線を外そうとしている、そんな父を私は、感じた。私は、はじめ愕き、次第に寂しく、想った。許婚の青年が三日おき、五日おきには来る。向うの家に父母と訪ねる。いろいろな向うの人々と知合いになる。そういう俄かに賑やかになった生活の中で、その底で、私は寂しさを味わっていた。そうして、どこか疑わしい想いの中に、私はふと、陥ちこむので、あった。そんなようすのままで、私は父と別離《わか》れた。そんな状態でいるままで、私は父の死に、会ったのだ。結婚した次の年に長男を生んだ私は、一年程先に行っていた夫の後《あと》から欧露巴へ、発った。その日父は、朝から不機嫌を耐《こら》えているような、顰《しか》めた顔をしていた。そんな父を、私はそっと、偸《ぬすみ》みるようにして、視ていた。停車場で汽車に乗り込んだ私が、人々の後《うしろ》に父の顔を見付けた時で、あった。私はふと妙な不安に、襲われた。何故か解らぬ不安が萌していて、それが私の注意を父の方へ勁く、索きつけるのだ。発車の時刻が近づくのにつれて、不安は大きくなって、行った。人々の肩越しに、父は顰めた顔を俯向けて、いた。父の顔は、体のどこかが切《せつ》ない人のようにも、見えた。青白い母の顔、窓の下に顔を仰向けている妹の、葡萄茶《えびちゃ》色の帽子の上に、夫の姉妹《きょうだい》、友人達の顔の上に、私の眼は落つきがなく彷徨《さまよ》っていた。父の顔は、見たくなかった。俄に起きて来た不安、不思議な切《せつ》なさ、父を自分が苦しめているのだと、いうような、父を突き離して発って行くのだ、というような、そんな妙な、後暗さのような想いがしていて、それが私に父の顔を見させないのだ。汽笛が鳴り、少時《しばらく》して車体が大きくゴトリと揺れた時、私の眼が父の顔に、行った。父は微笑していた。そうして父は私を見て肯いた。二度、三度。それは私が小さな時から見ていた、決して忘れることのない父の微笑で、あった。愛情に満ちたそれで、あった。醜く歪んだ顔を隠すひまもなく、私は子供のように泣き出していた。熱い涙と、嗚咽との中で、私の哀れな心の片隅に、父の微笑した顔が固く、何かの痛みのあるもののように閊《つか》えて、いた。その時の、理由の解らない胸の痛みは、一種の悔い、後めたさのいたみとなって、私の胸の中に残っていたが、私がそのいたみにも係らず胸の中から追い得なかった、父に対する疑いのようなもの、或る不快な、といってもいい感情は、やはり失くならずにいた。そうしてそれは私が、倫敦で父の死を知った時の、辛い涙の中でも私をそのかして、父の死に対してどこか純一になれないという、言いようのない寂しさを、私の胸に差入れたのであった。

夫との欧露巴の旅を終って、再び日本へ帰って来て、それから少時《しばらく》経った或日、その私の胸のいたみは不意に、鋭いもので、掻き起された。私は或日、私の婚約中から出発にかけての父の様子が、腑に落ちなかったことを母に話したので、あった。すると母は言った。《私《あたし》も変だ、変だと思っていた。それできいてみると、パッパはこう言ったのだよ。お茉莉はもう珠樹君に懐かなくてはいけない。それで俺がそうしていたのだ。ってね。私《あたし》はどんなに驚いたかしれない。よくそんな事が出来ると思ってね》と。それを聴いた私の胸の内側に、鋭い棘が、刺った。その棘は私の胸の中に、何時になっても失くならずに潜んでいて、私が父との別離を想い出す度に私の胸の壁を刺すのだ。その棘は鋭い。だが柔《やさ》しい。赤子《あかご》の爪のように、あの薄赤い、若い薔薇の竦のように、その棘はやさしい。そうしてそれだから一層、私には痛いのだ。

私の恋人、父と息子

私は現在、息子の齎《じやつく》によって、父の一部を取り戻している。私が夫の家を出る時に同時に別離《わか》れて、二十四年の後《あと》で再会した、息子である。生長して訪れた息子を見て、私は愕いた。生長した私の息子の裔は、彼の幼い時と同じな淡黄《たんおう》の額を、持っていた。そうして彼は、父の様子の周囲にあった軽い、フワリとしたような雰囲気を、その体の周囲《まわり》に漂わせて、いた。私は再び父を視た。私は再び父を取り戻したので、あった。たしかに私はそのような想いに現在、捉えられている。私は不思議な想いに閉ざされ、何を視るともなく空間を、唯茫然《ぼんやり》と、見詰める。息子といる楽しさ、それが父といた時と同じなのが、私には不思議でならないのだ。それは不思議な懐しさで、あった。親しみで、あった。息子は或日、私に言った。《奇蹟だよ》と。幾つになっても幼い娘であった私は、殆んど父とは話というものを、しなかった。共通の愛読書について話をするなぞという事も、それだから無《な》かった。青年になった息子と、文学の話なぞも幾らかは出来るようになっていた私とは楽しい時刻《とき》を持つ事が出来るように、なった。息子と私とは共通の愛する人について、好きな本について、話をする。私の好きな「死都・ブリュウジユ」を、息子もこのごろでは好きになって、いた。「死都・ブリュウジユ」を声に出して誦《よ》む私と息子との周囲で、薔薇色の時刻《とき》が、飛び去る。或時は不器用な私たちの間を、腸詰の鑵が行ったり来たりする。麦酒が注がれる。そうして私はたてつづけに話をするのだ。私の話はどれも他愛のないもので、あった。すると息子が言う。《そうだよ》。《うん、僕もそうなんだ》と。……寝台《ベッド》に座っている私と向い合った、古びた箪笥を脊に、息子の微笑した顔が浮んでいるのを、私は視る。過去の中を探し求めるともなく、私は一種の不思議に捉えられて、いるのだ。そんな時、息子の顔の上には甘い微笑が拡がり、その息子の微笑は私の観念の中で、父のそれと混り合い、一つのものになる。提灯の木の下と、父の膝との相似のように、その二つの微笑は、似ていた。

提灯の木と父。そうして父の微笑と息子の微笑。それらのものが私を索きつけ、私を楽しくさせることは、ほんとうに何故なのだろう。何かが私達を楽しくする。何かは私達の精神を粗《あら》くし不愉快にするのだ。私達にはそれが何故なのかを解る事は、出来ない。不思議な楽しさの中にいて、私はそれらの恋人、私を索きつけるものたちを、考える。そうして私は、私の愛する小説「死都・ブリュウジユ」の一節に、想いを馳せるのだ。私は、運河の岸に建っているユウグの住む家を、想起する。あの「死都・ブリュウジユ」の主人公であるユウグの家を。運河を挟んで両岸に建つ家々の影が波立つ河の面《おもて》で一つのもののように混り、もつれ、揺れ動いているのを、私は視る。それは既《も》う見たことのあるもののように、私の眼の前にひろがり、不思議な影を揺り動かしているので、あった。

父と私

父は私とはただ遊んだり、お伽噺をしたり（大きくなってからはそれがシルヴェストル・ボンナアルの罪の話や、奈良から白菫《しろすみれ》の花の押し花を送って来たりすることに、変った）、犬ころのように親しんでいただけだったが、今になって想い浮べてみると、そういう父の様子の中には何かが、たっぷり含まれていて、それは吸っても吸っても あとから湧いて来る母乳のようなものであった。何か、というのは、父が黙っていて私に教えて呉れていたように思われた「何か」である。

地面に立てたステッキの首に帽子を被せ、それに摑まってしゃがんで、父は黙っている。どうかすると下駄をぬいでその一つに腰を落し、もう一つに足を載せて地面に坐りこんでいるようなこともある（九つ位になってからはそういう時には、いざりの親子のようで、きまりが悪かった）。新聞紙を敷いたベンチに下駄の足を組んで腰かけ、ステッキの握りに手を重ねていることもある。そのそばには私がいる。そんな私達の姿が、私の想い出の中には幾つでも、浮んで来る。それは或時は、飯能《はんのう》の山の上であった。（名主の滝に遠足に行った時だった。）山の下はもう暗くて、川が細く光っていた。或時は私達は植物園にいた。父は東屋《あずまや》のベンチに膝を曲げて横になり、麦藁帽子の下に半ば顔を見せて、本を読んでいた。私達は芝生の中の小さな花を摘んだり駈け廻ったりするのに厭きると、黒い木立の底に光っている池の方へ駈け下りたりしていた。或時は夏座敷の真中に父は肱を突いて低く坐り、本を読んでいた。傍に白い大きな茶碗にチョコレエトが半分飲んで置いてあることもある。夜は明るい部屋と庭の闇との間に、淡赤い岐阜提灯が瞬いていた。そんな時の父の周囲には不思議な静かさがあるのを、私は感じていた。私にはどうして父がそんなに静かなのか、解らなかった。父は広い世界の中で、静かで安楽な場所を見つけ、そうして其処に坐っているように、見えた。私は生れつき落ついた質《たち》ではないけれども、そういう父のそばにいると自分の心が、まるでゴム風船のようにフハフハとしているような気がした。小さな私にはそういう父の静かさがひどくつまらなくて、厭な時が、あった。そんな時私はよく父の背中に飛びついた。私が父に飛びついたのは父が好きだからだったけれども、ただそれだけではなかったようだった。読んでいる本から来るのか、何処から来るのか知れないその静寂に、軽い反抗を感じて、その静かさを動かし、父の注意を自分に向けさせようと言うような心持が、その中にはあったような気がしている。私は父のそばで静かにしている事もあったが、大抵は飛びついたり、呼びかけたりするだけであったから、その父の様子の中にあった何かは、飲み過ぎたヴィタミン剤のように、私の体から外に出てしまっていた。私は十七で結婚するまで父のそばにいたが、十六の時に婚約してからは少しずつ父との生活から離れかけて行ったし、そういう状態は幼い時と大して違わなかった。唯父の生活の中にあった、なんとも言えない綺麗なもの、それはなんと言ったらいいだろうか、父の微笑や、声、言葉遣い、様子、匂い、着ているもの、白い手、書いている字、又は絵（或頃父は懐石料理を調べていたらしく、墨や絵具を揃え、半紙に一の膳、二の膳なぞの絵を描いていた。鯛は薄紅く暈《ぼ》かし、奈良漬らしいものは黄色に塗ったりしているのを見て、父が自分と遊んで呉れるのではなくて、父自身が自分と同じように遊んでいるのを感じた私は、大喜びであった。そうしてお坪、お平、なぞという名称を覚えて得意になっていた）、読んでいる本、それから家、庭、部屋の様子、飾ってある物、使っている道具、静かな物音、母の様子、着物、たべもの、それらの集まった全体の空気が私に漠然と感じられていて、その綺麗さは主に父の心の中にあったもので、その幾分かが私のものになっていると、思われるだけである。

附記　私の父母は愛し合っていたけれども、父の愛情は偉《おお》きいのに、母は取越苦労が多かったので、二人でいさえすれば楽しいというようではなかった。そのために或時期はことに、私は父の恋人の代りのようになっていた。それで私と父との間の感情も、いくらか恋人のようであった。父がした私の顔なぞの評を私は大切に蔵っていて、喜んで聴いてくれる息子にしか、それを打明かしていない。楽しいことというものは、それを同じだけ喜ぶ人以外には打明し得ない。会話に空虚が生れるからである。それでこの文章は花柳界で言う「おのろけ」のようなものである。あまり父と、父を含めた家までを美化し過ぎているように感じる人がもしあっても、笑って読んで戴きたいと思う。

父のことなぞ

幼時住んでいた千駄木町の私の家の庭に、細い緑の茎の先《さき》に白い、鈴蘭のような形の花をつける、わりに背の高い灌木があった。祖母のみねが、提灯の花と教えたので、私は提灯の花と言っていたが何十年か後に銀座の資生堂にその花があった。懐かしいので少間《しばらく》立ち止まって見ていたが、又少し歩いて千疋屋（たしかそうだったと思う）の前に行くと同じ花の小さな鉢植が、棚に載っていて、金竜辺と書いた札が立っていた。金竜辺というのだから中国の花なのだろうと思う。その花の咲くのは冬だった。

私はお父さん子で、父をパッパと呼んでいたのでパッパ子だった。父はなんとなく情緒の漂っている人で、父の膝に乗って、父の掌で軽く背を叩かれていると、なんだか巨《おお》きな樹が枝を大きく拡げているその下に、自分の小さな体がすっかり入っているようであって、（お茉莉は上等、お茉莉は上等）と言いながら、私の背中を父が、軽く叩いてくれると、巨きな金竜辺の木が、小さな私の上に枝を拡げていて、少しの風に、かすかに揺れ動いているようであった。あんまり美的な感覚で、笑ってしまう人もあるかもしれないが、ほんとうの感じなのである。父の目に私は大変に綺麗に見えたらしいが、私にも父は素晴らしく見えたのだ。どっちもおかしいかも知れない。だが互いにそう信じていたのだから仕方がない。それで私は自分は大変な綺麗な女の子だと、思い込んで、育った。ところが十五、六になると、私は、自分が誰よりも綺麗なわけではないのがわかった。だが私が十五、六になっても、父の目にかかっている、私が大変な美人に見える魔法の眼鏡《めがね》はかかったままらしく、やっぱり父は私を綺麗だと思っていて私のことを（お茉莉はお酌《しゃく》よ）と言っていた。花柳界の十五、六位の半玉のことである。父は私が夫だった人のいる（夫だった人は一年前に巴里に行っていて、私は後から行ったのである）巴里に発った時、見送りに来ていたが、その日家に帰って母に、（お茉莉が今日は鳩《はと》のようだった）と言ったそうである。ドイツでは処女のことを鳩というのである。

大変に綺麗だというのは、父の目にかかっていた魔法の眼鏡の故《せい》だが、私が結婚してから一年を経ていたその時に、処女のように見えた、という方は、パッパの見まちがえではないようだ。私は十五歳で見合いをして、まだ女学校を卒業していなかったので、丸一年の間、婚約の間柄だった。又、精神年齢が十四歳位だったので（体格の年齢の方も大分低かったが）一年の婚約期間があったことは、自他共に倖《さいわ》いなことだった。私のパッパとお母さんとは、私を嫁に遣《や》ることになった時に二人でこういう話をした。（茉莉はどうも子供すぎる。だが結婚の話のまとまったのを倖《さいわ》い、年弱の十七で嫁に遣れば、向うの人々も、まだ十七だから、と思って我慢してくれている内に十八になる、まあまあ、未だ十八だから、と、そう思っている内に、向うの人間になってしまう。これは大変に都合のいいことではないか）と。パッパとお母さんとの、その計算は図に当って、まだ子供でありすぎた、家事を遣《や》る、という面では一寸困る程莫迦であった私は、なんとなく、いつの間にか、山田家の長男の嫁というものに、なってしまったのであった。お母さんは、茉莉に家事を教えなくてはと言ったのだがパッパはこう言った。家庭の仕事なんぞというものは一カ月もやれば出来るものだ。それよりピアノだ。フランス語だ、と。それでお母さんは仕方なく、家事を教えることを断念した。そういうわけで私は芋を煮たこともなく、魚を焼いたこともなく、それどころか水道の栓をひねって、薬罐を水道のカランに近づけて水を汲んだこともない、という有様で、山田家の長男の嫁となったのである。ところが不思議や不思議、私は舅、山田暘朔のお気に入りの嫁になったのである。山田暘朔は、最初の妻君が肺を患って死に、次に迎えた妻君も病で亡くなったので、妻君を貰えば死に、又貰えば死ぬ、という感じだった。それで彼は、うねめ町に囲っていたお芳さん（高野芳という、新橋の吉三升《よしみます》という芸者家で小桃《こもも》と名乗っていた女《ひと》である）を家に入れることにした。彼はお芳さんを家に入れる時子供たちを集めて、「お芳お母さんと呼べ」と、言った。長男の珠樹の姉の二人と弟の俊輔、豊彦、妹の富子はそれを承知した。だが長男の珠樹だけがそれに従わなかった。そればかりか、お芳さんが持って来た三味線を見るや、「山田の家に三味線は入れない」と叫んで、その三味線の柄《え》を膝に当てて、ピシリと折ってしまったのである。お芳さんが三味線を持って来たのは、それを弾くためではなかった。幼い時から、命のようにしていた三味線を手放すことがいやであったので、その証に彼女はその三味線を、ペンとも鳴らさなかったのである。

ところで山田暘朔が何故私を気に入ったかというとそれは私が心の中に、（わたしは山田家の長男の嫁だ。だからこの舅が亡くなれば、この家の何十万の財産の半分は私の夫のものになる）という気持が全く無いということが、私の様子を見ていてわかったからである。それは私の父母が、私の家は山田に比べると赤貧といってもいい位なのだが、彼らは私を大切にして、まるでお姫様のように育てた。妹や弟は家中を遊び廻って、台所から梯子段で上がる女中部屋にも上ったことがあり、馬小屋と、並んでいる馬丁の部屋と、馬小屋との間に細い細い道があって小さな木戸で出入りすることも知っていたし、近所の子供たちに交って遊び廻っていた。妹は活発で、近所の男の子の先頭に立って戦争ごっこをやっていた。私は四畳半の自分の部屋に入ったきりで、家の中を歩き廻ることもなかった。弟が幼い時「姉さんは、おじょあんにいましゅ」と言った位で、四畳半に入ったきりだった。それで大変に世間のことにもうとかった。そのために、山田家の財産というものに全く関心が無かったのだ。そこが山田晹朔の気に入ったのである。彼はお芳さんと二人で私を可愛がった。私は何でも手のろくて、風呂から上っても、義妹の富子の方は手早くお化粧をすませて食堂になっている隣の八畳に行くが私はぐずらぐずらしている。すると舅は大きな声で（茉莉や、もうお化粧はその位でええや）と言うのであった。又お芳さんという女《ひと》が出来た人で、何一つ出来なくて、唯大きな丸髷を頭にのっけて、ぼんやりと突立っている私を、奥様、奥様、と言って、立ててくれた。それで私はなんの苦労もなくぼんやりと、暮していたのであった。十一月の末に結婚したので忽ち年の暮になった。私は何も出来ないので、横着を装った方がいいと思い、表では近所で愕くから中庭で羽根をついていた。母が心配して山田家を訪れ、舅に、「マリは何かお手伝いが出来ましたでしょうか」と言ったら晹朔が「なあに、羽根ついてますよ」と言ったので恐縮の極になって、帰ったのであった。

白菫《しろすみれ》と鷗外

鷗外は白い菫《すみれ》が好きだった。妹、杏奴《あんぬ》の「晩年の父」（萩原葉子の「父、萩原朔太郎」と共に二つの傑作である。一寸自惚《ちよつとうぬぼ》れていておかしいが、私の「父の帽子」も入れよう）の中に、――父は小刀でそっと、白い菫を掘りおこしながら私をかえり見て、何かの楽しいことを打ち明けるようにして、微笑《わら》った。――と、いう箇所《ところ》がある。前にも書いたが父の微笑《わら》いは、父自身はただ微笑《わら》うのだが、なんとなく翳《かげ》があって、微《わ》笑《ら》いかけている人に、何かの楽しいことを、そっと打ち明かしているように、思わせるようなところがあった。それで母はその父の微笑《わら》いに、軽い嫉妬《やきもち》をやいていた。母と子供にだけ、微笑《わら》うのではないから。私が、夫だった人が巴里《パリ》に行った後《あと》、淋《さび》しいと、父に手紙で訴えた。すると、芝区三田台町二十七番地、山田茉莉様、奈良博物館、森林太郎と、封筒に書いた、独特な毛筆の手紙が来た。――人間は林檎《りんご》の時季には林檎をくい、梨《なし》しかない時季には、林檎でなくてはいけない、なぞと言わないで、梨をくっていなくてはいけない、——と、手紙には書いてあった。夫のいる時には夫と一緒に楽しみ、夫がいない時には、本を読んだり、花を眺めたりして、一人で楽しんでいなくてはいけない、と、いうことなのだろう。その巻紙の手紙の中に、白い菫の押し花が入っていた。その素晴しい手紙を、何《なん》でも失《な》くしてしまう私は、失くしてしまった。父は十日位、奈良にいるだけなのだから、父が帰ってくれば千駄木の家に行って、父と楽しく話したり出来るのに。私は満十六だったとはいえ、本当にわがままだったと、思う。

父母の話

父と母とはよく私が、寝る部屋と呼ばれていた、奥の父の部屋の隣の部屋で床についていると、二人で、その日あったことを話していた。殆《ほとん》ど皆、私に関した話なので私は耳を澄ましていた。時々母が立って来て、堺の襖《ふすま》を開けて、様子を見る。すると私は仰向いて読んでいた「少女の友」をパタリと顔の上に落すように伏せたりして、もう睡《ねむ》ったように見せかけた。殆ど皆自分のことなので、聴きたくてしかたがないのだ。或夜、私が小学三年の時である。三年から、裁縫の時間がある。市橋先生という裁縫の教師を私は嫌っていた。市橋先生は別に私に、特に悪意を持っているのではないのだが、自分が器用で巧みな裁縫というものに、見るに耐えぬ程不器用な私の運針が気になって苛々するらしくちょい、ちょい、私の方をジロリと視《み》る。それが私は嫌で嫌で仕方がない。母が、私が市橋先生を嫌いだということを父に言っている。父が、

「その裁縫の女《おんな》教師というのはどんな人なのだい」と言うと母が、「真黒に染めた髪を、一本の後れ毛もなく、大きく膨らませた束髪(周りを丸く、大きく膨らませ、真中に髷《まげ》をのせる髪である)に結って、ちりめん皺《じわ》の寄った顔に白粉《おしろい》を濃くつけている、意地の悪い奥女中のような人です」と、言っている。父が「ふうむ」と、言っている。私はひどくいい気味だ、という心持がして、うれしかった。又或日は父が言っている。この方は四歳か五歳の時のことである。「今日お茉莉が便所に行きたくなったが、近藤君がいるのでそれをなかなか俺《おれ》に言えなかったらしい」(近藤さんというのは給仕で、十六位の少年だったが、いつも部屋の隅に、私に背中を向けて何か、書いていた。幼い子供ではあるが彼は、総監のお嬢さんというので遠慮をしていたらしく、いつ行っても、私がそこにいる間一度も、振り返らなかったので、私は近藤さんの顔を一度も見た覚えがない)。父は母に、外へ出る時には必ずお茉莉を伴《つ》れて行けと、言っていた。(女中達だけのところに茉莉を置いて出ると、女中たちが何かよくない話をする。それをお茉莉が聴くといけぬ、というのである)父は母の外出には寛大で、茉莉さえ伴れて行けば実家にも月に二三度は行ってもいい。芝居も月に一度、三越の買物も自由に行っていいと、いうのであった。母は私が、食堂に入るのを楽しみにしている三越へは一緒に行ったが、銀行の用事の時なぞには私を、陸軍省の父の部屋にあずけ、又迎えに来て、芝明舟町の実家に伴れて行ったりした。或日私が又、父と母との話に耳を立てていると父が言っている。それで父が、その近藤さんが居るために私が父に、便所に行きたいと言えなかったことを話していたのだ。父はこんな風に言った。「そっと寄って来て俺の耳へ口を寄せて便所へ行きたいと言うのだ。そこで俺がお茉莉を便所へ連れて行った。済んだら戸を叩《たた》け、と言っておいて待っていると間もなく、小さな音がした。俺がお茉莉を連れて、長い廊下を引返して来ると廊下の真中に、小さなのが落ちていた。よほど我慢をしたらしい」父も母も低い声で、笑っている。その頃の子供は着物の下にパンツをはいていなかった。女の子供は小さな腰巻をしていた。幸《さいわい》固かったので下着もよごさずに、素通しで落ちたのであった。私は幼くて女の人としての羞恥心があったのではないが、近藤さんがそこにいるのでひどく、困ったのである。又困ったことにあまり父が溺愛していて、母も、躾《しつ》けようとは思っていたらしいが思うように行かず、「はばかりに行きたい」（その頃は手洗い、という言葉はなかった）という言葉も知らぬ赤ちゃんお嬢さんだったので、そのものずばりで、ウンコと言っていたから、一層、父にそれを言えなかったのである。母がいくら、ちゃんとお座りなさいと言っても、父が膝《ひざ》に乗せては、あらゆる讃美の言葉を並べるし、父と並んで同じようにねころび、睡ってしまったりしていたので、大変な、赤ちゃん子供に育っていたのである。父は私が傍に行きさえすれば、お茉莉は上等、お茉莉は上等、と言っていた。これはその上等なお茉莉の、あまり上等でない失敗談である。

志賀正浩の金銭感覚

12チャンネルの朝七時の「お早うスタジオ」に志賀正浩が或日、ズックの運動靴を買いに行くところが映った。（これ幾ら?）（一万円です）（アア、一万円なら軽いね）（ハア、でもこれをお買いになる子供さんには軽くはございません）と、店員は言った。二千、三千、せいぜい五千円の小遣いを貰っている少年たちは、何ヶ月も小遣いを全く使わずに溜《た》めて買うか、機嫌のよさそうな時に親にねだるかするより方法はないだろう。志賀正浩は、これは聞いた話だが、大変なブルジョアの出身だそうである。志賀正浩の金銭感覚が狂ったのは親が、そうならないように注意することを怠ったからだ。国際感覚なぞいろいろあるが、金銭感覚も狂っては困るのである。ところがこの頃の子供たちは皆贅沢になっていて、志賀正浩の番組に出て来る子供なんかもすごいスウェータアなんか着ていて、志賀正浩がそういうことを言っても、たとえ自分の小遣いでは買えないと思ってもそれを顔には出さない。どこかのご令息然としていて、（あんなことを言ってやがる）と反感を持つような骨のあるのは居ない。そこで志賀正浩のミスは誰からも、局側からもとがめられないでまかり通るのである。いやな世の中になった。私が幼い時、父が千円のピアノを買ってくれた。ピアノが洋間に運びこまれると父は私を抱き上げて、（お茉莉のピアノだよ、お茉莉のピアノだよ、）と微《わ》笑《ら》って言い、部屋をぐるぐる歩き廻り、母も笑顔で見上げた。父の陸軍省の給料も多くはなかったが、小説の方もその頃はひどく少なく、息子が小説家になるというと親は必死に阻止しようとした。父は給料や原稿料を少しずつ溜めて、ピアノを買ったのである。その頃学校に（俺《おれ》の家《うち》にはピアノがあるぞ）と言った子供があり、嘘だとわかるので皆笑ったが、その頃はそういう子供は一組に一人位しかなかった。現在は親も子供も一家揃《そろ》って虚栄に取り憑《つ》かれている。

たった一度だけの小言

私は生れつき、ひどい吝で、またひどい慾張りに出来ている。

どんなに小さなものでも、少量の菓子でも、人に遣るのはとうてい我慢が出来ない程いやなのである。母のほうは少しは躾けなくては、と思ったらしく、小言も言ったが、父のほうは、私が傍にさえ行けば、手の葉巻を傍の鑵の上とか、机なぞの上に、そっと置いて、私を膝に乗せた。そうして、たぐい稀なほど素晴しい微笑《わら》いを浮べ、私の背中を軽く叩く。

そうして「お茉莉は上等、お茉莉は上等」を繰り返した。そう遣《や》っていながら、私について、褒め言葉を並べるのである。

「お茉莉の髪は上等、顔も上等、性質は素直だ」という風にである。間の抜けたところがあって、何か遣る動作ものろい私である。走ることなどものろのろで、運動会の時なぞは、走り競争では、いつでも一番後から、のろのろと走った。

綱引きの時には皆の中に入って、とにかく綱に捉まってはいるのだが、私がぶら下がっていることは、他の生徒にとって、邪魔なだけであった。手先も無器用で、これまたのろいので、豆細工の時なぞは、先を尖らせた串で大豆に穴を開け、大豆に突き通す、という作業が大変な難事業である。

吝の話だった。ある日妹を部屋に呼びこみ、片附けるのを手伝ったら何か遣る、と言って手伝わせた。欺すつもりで遣ったのではなかったが、いざどれか遣ろうと思うと、何一つとして遣ってもいいと思えるものは無い。持つところにニッケルの附いた消しゴムも、千代紙の表紙の小さな手帳も、すべて惜しいので、とうとう何も遣らなかった。

妹からそれをきいた父は、さすがにちょっとひどいと思ったらしかったが、私を叱ることが出来ない。それで父は母にそれを言って、母から注意をさせたのである。結局父は、私に小言を言ったことは一度も無かった。困った子どもであり、困った父親であった。

父と私との間にあった恋愛のようなもの

今回の話はかけ合い話の批評が途中から外《そ》れて、私の結婚当時の話になってしまって、テレビ離れしてしまったが、私の父が死病に冒《かか》った当時のことと、私と父との間にあった切《せつ》ない、〈恋愛のようなもの〉について一寸《ちょつと》書きたい。父は大正七年の後半から、自分の腎臓病が悪化しているのを知った。だが父はそのことを母に言わずにいた。母は、父と見合いをするより前に、父の「舞姫」を読んでいた。母は「舞姫」を読み、太田豊太郎が好きになった。母は太田豊太郎を恋したのである。そこへ縁談が持ちこまれ、見合いをしたがその見合いの相手が父だった。太田豊太郎にそっくりな森林太郎だったのである。そうして父と結婚し、母は父が死ぬまで、母は父を恋しつづけていた。それで父は自分の死期が後《あと》二年足らずに逼《せま》っていることを母に言わなかった。医者である私の兄の於菟《おと》と、これも医者の、自分の妹（喜美子）の夫の小金井良精とにだけ打明けた。父の弱って来たのを心配した母が、役所に自動車《くるま》で通わせようとしたが父は、「自動車で通えば、俺《おれ》の給料は無くなってしまう」と言い、母も逆えなかった。父はだんだん弱って来て、上野の山をようよう歩いて博物館に行き、又、図書館に登る三年坂をステッキを杖《つえ》にやっと、登った。父は帰ってくると玄関に出迎える母に言った。「俺は今日も、健康な人間と同じに仕事を遣って来た」と。そうしてうれしそうに微笑《わら》った。両頬《ほお》が穴を穿《うが》ったように窪《くぼ》んでいる、恐ろしい顔である。母は父の微笑を見、その言葉を聴いて、胸が板のようになったが、明日もこの微笑をさせて上げようと思った。その頃にはもう母にも、父の弱り方が普通ではないことがわかり、苦しみを抑えて、父が喜ぶようにさせようと思ったのだ。その頃よりずっと前、父がほんの少し元気を無くし初めた頃、私は夫の行っている巴里《パリ》へ行きたいというので心が一杯になっていた。夫からは父のところへ、茉莉を寄こすように、自分の父に勧めてくれという手紙が何通も、来ていた。珠樹君が茉莉を寄越してくれと言って来ている。茉莉を巴里へ遣ってはどうですかと、勧めた。舅《しゅうと》は日本の昔の男子《なんし》である。女は洋行なぞをしなくてもいい、という考えを持っていて、自分の娘の幾子も、その夫のいる巴里へ遣りはしなかった。父は郵船に知った人が居たので、その人に頼んで船室を取り、再び舅を説いた。舅も仕方なく、事後承諾で、承諾した。父は（俺は生れて始めて、悪いことを遣った）と言って、歎いた。私の発《た》つ日、その日は朝から不機嫌な顔をしていて、私は気にしていたがいよいよ汽車に乗り込み、汽車の窓に夫の友人たちが元気な声で、見送りの言葉を言い、窓の下に青い顔をした母と、泣き顔の妹が窓に縋《すが》るようにしている。その時、人々の一番後《うしろ》に父が俯向《うつむ》いて立っているのを、私は見た。巴里熱と、夫のいる所へ行くこととで夢中になっていた私はふと、不安に襲われた。夫との婚約が定まった頃から、父の私に対する様子がどことなく、変った。変ったというが、ほんの微《かす》かに、変ったのである。それに気付いていた母が、私が船で発った後《あと》、どうして茉莉によそよそしい感じのある様子をしていたのかを、訊《き》いた。父は（お茉莉は既《も》う、珠樹君に懐かなくてはいけない。俺はわざとああしたのだ）と、答えた。それが微妙な変化である。甘える私に応《こた》える父の顔が、ほんの僅《わず》か、変った。恋人がほんの少し、わかるか、わからぬかの程度に顔を横にそむけた、という感じである。私の心に微かな不安が波立ち、もうパッパは私を前程愛さなくなったのではないかという疑いが生れた。巴里と夫との方へ行ってしまっている私の心の中に、細い魚の骨が咽喉《のど》にひっかかっているような寂しさと、不快のようなものがあった。そうして、私を送りに来て、人々の後《うしろ》に立って俯向いている父を見た時、私は自分の疑いが間違っていたことに気付いた。人々の後に立って、いよいよ既《も》う汽車に乗ってしまった私を見た時、父はとうとう、仮面を脱いだ。微かな冷たさは既う無くなっていた。寂しい顔を俯向けていた父はふと顔を上げて私を見て、二、三度、肯《うなず》いた。（わかっている）と、その顔が言った。そうして又その顔が、（お茉莉、行くな）と言っている。私は苦しいようになり、子供のように泣き、顔中を涙だらけにして、その泣き顔のまま父と離れた。パッパが私に冷淡になったのではなかった。私こそ、パッパをふり捨てて行く、悪い娘だったのだと、私は思った。その父の深い寂しさの出ている顔は鋭い棘《とげ》のように、私の胸に刺さり、現在も刺さったままだ。その棘はやさしくて、今出たばかりの、薄赤い薔薇《ばら》の棘のように、柔かい。だがその棘のやさしくて柔かいことが尚一層私の胸を痛くしているのである。父はその日家に帰った時、母に言った。「今日はお茉莉が鳩《はと》のようだった」と。鳩というのは外国で言う、まだ夫を持たない清らかな娘の形容である。

父のこと　1

　或日父は母と私とお傍に呼んで、仏蘭西語を教えることを始めた。一番最初に教えた言葉は（ムッシュウ、ランバッサドゥール、ジェ、ロンヌゥル、ドゥ、ヴ、サリュエ）という言葉である。これを訳すと、「大使閣下にお目にかかることが出来まして、光栄に存じます」ということである。父は伯林で宴会に出て、相当な身分の人々と、挨拶などを交したことがあったらしいが、私が後に仏蘭西に行くことがあるとしても、仏蘭西大使に面会することがあると、父は思っていたのだろうか。私の夫はソルボンヌ（巴里の大学で東大のような所）に毎日通って勉強していた。日本に居た時には上野の山にある図書館に、館員として通っていて、その図書館の用でアメリカに渡り、ニュウヨオク、ボストン、フィラデルフィアなぞの大学を回って歩いたことはあったが、夫は一人の留学生であった。母は全くのところ難しくて困っていて、ドゥヴサリユエを溝《どぶ》と猿の画と覚えればいいねぇ、と言っている始末であった。若しフランスの大使の前に母が出て「ドブサルエ」と言ったらずいぶん愕くだろう。仏蘭西人は察しがいいから、少し位発音が悪くてもわかってくれるが、ドブサルエでは面喰らうことだろう。いくらかの仏蘭西語を覚えた頃の或日、父は彼の訳した芝居を見に私を伴れて、帝劇に行って、食堂に入った。父の先輩や、友達の人々が一緒であった。父が私に、「お茉莉、お茉莉の前に居る人は日本で一番、フランス語の巧い人だよ」と言い、その人に、私がフランス語を習っていると、言った。するとその人が私に「貴女は何歳になりますか？」とフランス語で言った。幸い解《わ》ったので「ジェ、オンズ、アン（十一歳です）」と答えたが、羞しがりで、その上に臆病なので、情ない声で、「ジェエオンズアン……」と言った。一寸声がふるえた。私はこれでも日本で第一番にフランス語の出来る人物と、たったひと言《こと》だし、短い、易しい言葉ではあったが、会話を交したことはあるのである。父は私にとってまことに有難いというか、重宝な人であった。夏休みの宿題の中に、墨で書くのがあったが、私は頭が散漫で、いつも気が散っているので直ぐに字を間違えた。それを父の処に持って行くと父は「よし、よし」と言い、私の書いた紙の下に一枚の半紙を敷いて、硯の水入れを傾けて間違えた字の上に少量滴らした。そうしてから細筆の軸の方で、間違えた字の上を軽く、何度も叩いた。憎らしい間違えた字は下に敷いた半紙の方に移って、見る見る内に薄くなり、やがて消え去った。父は又、自分が漢字を大変によく知っている、ということを、密かに自慢しているらしかった。父の書いた本を読むと、ひどく難しい字が出てくるが、五六頁先を読むと、その字と同じ字が、前の頁とは違った難しい字で、書いてある。それを見ると、こんなに字を知っているぞ、と言っている感じがする。そう言ってしまっては一寸気の毒だと思って、もう少しよく解釈すれば、字を沢山知っていて、それをいちいち変えて書くということが、楽しくてならなかったのかも知れない。

父は又、起《た》ち居、動作が静かであった。普段、着物で廊下を歩くと、女の人が歩くように、静かだった。母は父の着物で歩く様子を評して、衣摺れの音だと、言った。母の実家で或日、祖父の全快祝いの宴を張った時（不幸なことに祖父の病は又悪くなって、二年間床に就いた儘で、亡くなったが）、父も招ばれて行って私の直ぐ傍に座っていたが、大勢の人々の中で、父の座っている所だけがしんとして、静かだった。時々何か人に答える声も静かである。私は今でもその時父が、お猪口《ちょこ》を膳に置く静かな音をよく覚えている。先輩なぞに、父を理解しない人物がいて、「森は、女子供の読む小説を書く片手間で、軍の仕事をしている」と言って、（父の小説は理論的で、そのためにちっとも面白くなかったのである＝「雁」だけは例外＝）父はその人物によって、小倉に流された。父が母と見合いをして結婚した時に丁度、小倉に流されたので、父と母の新婚旅行はその小倉行きであった。その頃は新婚旅行なぞをする人はごく少なかった。母は父が流されたために、楽しい新婚旅行をすることが出来たようなものだった。母の実家の祖母は町の娘であった。結婚の報告をすると祖父の父は、町人の娘を妻《さい》にすることはならない、妾ならいいと言った。祖父は止むなく妾として迎え、父親の死後、本妻に直したのであった。母方の祖父は心の温かい、立派な人物であったのでその怒った父も同じような人物だったのにちがいないと思うのだがとにかく昔気質《かたぎ》に凝り固った人だったらしい。私の母は父が私をあまりに甘やかすので、若《も》しこれで私が優しくしたなら、どんな不良の娘になるかもしれない、と思って、ことさらに厳しく躾けたらしい。妹にも同じ理由で、同様にしたので私と妹とは或日、母の居ない処で小声で、「うちのお母さんは継母じゃあないかしら」と、話し合ったことがあった。

父のこと（雛の顔、父の書いた処方、父と母との病死）

日露戦争の留守の間、母と私とは母の実家の近所の借家に二人切りで住んでいた。それは父の母の峰と私の母とがうまくいっていなかったからで、父の母も私の母も、うまく合せてゆく、という賢《かしこ》さがなかったからしいがとにかく別に住んでいた。台所と二畳の玄関の他は六畳二間《ふたま》切りの小さな家だった。三月のお節句の日、その奥の部屋の小さな床の間に雛を飾った。ところが雛段のすぐ傍に置いたランプの煤《すす》のために、内裏雛の顔がうす黒くなってしまった。母と私とが悲感していると、戦争から帰って来た父が、なんというのか知らないが、よく切れる小刀（手術用のだったらしい）で雛の顔を薄く削って、白い絵具を塗り、しんかきという細い〳〵筆で目と眉を書いた。そうして次に紅で口も書いた。父はすごく器用で内裏様が元のように綺麗になった。父は画が描けるわけでもないのにその眉と目と、紅で描いた口も大変に優雅に描けて、前よりも雅味のある雛になった。この思い出の、大切な、大切な内裏雛は今はもう無い。千駄木町の家は於菟兄と嫂《あね》の富貴子とが、広い廊下で続いている一方の家に住まっていたが、兄が任地の台湾から帰ってからは、盆栽村の家に住むことになり（母と嫂《あね》とはどっちかが猫のようにおとなしければよかったと思うが両方ともはきはきしていて、なんでも出来るのが、うまく行かなかった原因だろうと思うが、そんなわけで後《のち》には別の家に住むようになった）、兄たちの居なくなったあと、兄たちの居たあとを、学生三人に貸したところ、その三人が何かの実験をやって火事を出し、兄たちのいた部屋も、観潮楼と呼ばれていた二階も、灰になってしまった。私の大切な、父が顔を描いた内裏雛は雛道具や、小金井の伯父の外国土産の西洋人形、与謝野寛氏のこれも外国土産の人形も、なくなってしまった。火事は消したので私たちの住んでいる方は残ったのだが、雛は行李に入って、広い廊下においてあったところ、その頃近所にいた畳屋の親父が、運び出してくれる風を装って、担ぎ出して行ってしまった。彼は金めのものが入っていると思ったら雛人形ばかりだったので、二束三文に売ってしまったのだろう。くやんでも〳〵くやみ足りない、情なさである。その内裏雛の、父が描いた顔は、父の愛情の思い出であったのに。

私は幼い時から腎臓が悪くて、時々顔が腫れていた。今では療法もちがったらしいが、その頃は水分を大変に多くとらせた。私は日に四合の牛乳を飲ませられた。胃やお腹が牛乳で一杯になる感じで、苦しかった。その他にサイダーも飲ませられた。都合のいいことに妹の杏奴が、私が頼むと心得て、お手伝いさんが牛乳の入った大コップをお盆にのせて、捧げて廊下を来るのを見ると、長い廊下の途中にある部屋に隠れていて、お手伝いさんが台所に引き返すやいなや走って私の部屋に来て、アッという間に大コップの牛乳を飲み干して呉れた。私と妹とは六つも年がちがうのに、私の方が子供っぽいので、いい喧嘩相手だったが、こと牛乳を飲み干してくれることに関しては、大変な仲よしだった。妹の方は好きな牛乳がガブ〳〵飲めるので、大喜びで助けてくれたのである。私の腎臓のための水薬の処方を父が半紙に墨で書き、馬丁がそれを持って、本郷通りの瓜生《うりゅう》か高嶋屋で造って貰って来た。その処方箋は私の不注意で失くしてしまった。ウワウルシの葉〇・二、単舎利別〇・一、なぞと書いてあった。ウワウルシというのは何かの木の葉らしかった。傍に行くとかぶれるウルシとは別のものらしい。単舎利別というのは、すごく甘い、砂糖を煮溶かしたような、どろっとしたもので、母は単舎と言っていた。私の腎臓病は四十歳位の時、雑誌の広告に、どこかのご老人夫婦の言葉が、写真入りで出ていて、その薬で、生れ変ったように直り、白髪も黒くなったとあった。あんまり嘘らしいと思ったが、ものは試しだと思って、その薬を飲んだところ、不思議や不思議、私の長年の腎臓病はよくなった。それは柿の葉を煎じて飲むのである。その頃母が診ていただいていた正木先生という方《かた》が、診て上げていられる或患者さんのお宅に、大きな柿の木があり、正木先生のところの看護婦さんの一人が、木登りが得意だった。そこで柿の葉は難なく、たくさん手に入った。柿の葉が落ちて、次の年の青葉時まで、沢山保存しておかなくてはならないので大変だったが、ぼんやりの私も毎年忘れずに、柿の葉が落ちる頃には来年の分まで確保すべく、懸命になった。煎じて飲む、と書いてあったが、生の方がなお利くだろうと思って、よく切れるナイフでごく細く刻み、それを又細かく刻んで、匙ですくい、コーラで飲みこんだ。柿の葉はおいしくはなかったが、苦くもなくて助かった。

母が亡くなる前に診ていただいていた正木先生は、奥様を大切になさっていられた。奥様の父上は当時の毎日新聞の社長でいられたが、その方もやはり腎臓が、お悪かった。先生はその父上のために、支那の奥地の人家も無いところまでいらっしゃって、腎臓にいいという草を全部摘んでお帰りになり、その葉を煮出した水薬を、お造りになり、自宅で、欲しい方々に分けて上げられていた。それでその薬は、孝養湯と、名付けられた。その薬は大変に、大変に、飲みにくかった。苦いのだったら、甘いものを直ぐ口に入れればいいのだが、酸っぱいような、悪甘いような、なんとも形容に絶した不味さであった。母がとても飲みにくいので降参して或日、「とても私にはいただけません」と、言った。先生は「これを我慢してお飲みになると、体を拭いてお貰いにならなくても、廊下を歩いてお湯殿にいらっしゃれますよ」と、それは本当ではなかったが、幾らかは、快くなるのだった。他に患家が多くてお忙しいのに先生は、母の枕元に座っては一時間も、じゅん〳〵とお話しになった。母はその先生のご親切に感動して、「では、いただきます」と言い、顔中に皺を作ってよう〳〵飲み干した。腎臓病は私の一家の殆ど全部が冒っている病気である。父も萎縮腎で亡くなった。人間の尿というものは食べものから入った、体の中に残っていてはいけないものを流し出すもので、それがよく出ずに体に残ると、腎臓病になる。その悪いものが体の中を廻っている内はいいが、それが頭に行くと、尿毒症を起こして、テンカンのような、恐ろしい発作が起こる。父が亡くなった時私は倫敦にいた。父は母に、「お茉莉は今欧露巴にいる。人生で一番楽しい時期にいる。俺の病気がひどくなったことを報らせるな。危篤の電報も打つな。死も報らせるな」と、言ったが、義理のある間柄の兄（伯林にいた）に報らせぬと親類から誤解を受ける。母は父の病の篤いことに気が動揺していて、兄に長文の電報を打って、茉莉には報らせるな、と言って遣《や》る、心の余裕がなかった。それで私の所にも報らせることになってしまった。父も母も死病は尿毒症と、萎縮腎であった。

昔、ツウレに王ありき

父はよく、独逸の詩らしいのに独特の節をつけて、うたうように言っていた。《昔ツウレに王ありき。誓かえせぬ（変えないということらしい）君にとて、王は黄金《こがね》の杯を、干しけり宴《うたげ》の度ごとに》というのや、《イソルデよ、わが恋人よ、ふたたび我が胸にかえり給うとか》というこの二つの詩《うた》の文句を、節をつけて、歌うように言っていた。これが文章でなくてお話で、読者の方々に、父のと同じ節で詩《うた》ってお見せ出来ないのが残念である。その節は詩吟ともちがう、独特のいい節であった。又時には、《灯《ともしび》も、学びの窓にかかぐれば、遠き昔を、照らすなりけり》というのを詩《うた》っていた。父は大変に勉強家で、支那の昔のことも、欧露巴の昔のことも多く知っていたので、父の小さな机（その机には、模、白河楽翁公、と彫ってあって、小さな文机《ふづくえ》であった）の上に置いてある卓上電灯は、支那や欧露巴の昔を、照らし出していたらしい。

又父は人の名を音《おん》で言うのが癖だった。親友の賀古鶴所《かこつるんど》を賀古かくしょと言い、母の実家の祖父の荒木博臣《ひろおみ》をはくしんと呼んだ。父は私が山田珠樹と婚約した時からどことなく、私への様子が変って来た。それが大へんに微妙で、ほんのかすかに横を向いたようなのだ。何か私が言えば前と同じに愛情のこもった微笑をする。だがその微笑《わら》いはどこか前とはちがっていた。かすかに、ほんの少し横を向いた感じである。その変化に、いいようのない寂しさを、おぼえた。パッパと呼べば前と同じように微笑《わら》って私を見る。だがその微笑《わら》いはどこかちがう。かすかなちがいを私は感ずるのである。その差がほんのかすかであるのが尚一層私の心を寂しくする。かすかなのだが、冷ややかなものが、感ぜられる。それがほんのかすかなちがいであるのが、深い、たとえようのない寂しさを、私の胸に置いた。前と同じように、父は私に応《こた》えて微笑《わら》うのだ。それなのに、その反応がどこか、かすかにちがう。薬の分量でいえば〇・一よりもっとわずか、ちがうのだ。そのちがいが大へんにわずかであることが、なんともいいようがなく、寂しいのである。私は毎日、毎日、そのかすかな寂しさを感ずることで、深い哀しみの中に、沈んでいた。そのちがいが、かすかであることが尚一層に、私を寂しさの中に落ちこませるのである。婚約者は許婚《いいなずけ》の私を愛したばかりでなく、上手によろこばせる人であった。私はそれで、それにつられて楽しくなっていた。それなのに、その楽しさの底にはいいしれぬ、ことばには現わせぬ寂しさが、冷ややかな水のように、横たわっている。それがいいようもなく、寂しいのである。山田が巴里に行き、私は一人日本に残った。山田から父のところへ、茉莉を寄越してくれるように、山田の父に頼んでくれ、という手紙が何通も来た。その手紙に、夫婦というものは若い時に、同じものを見ていないと、年を取ってから話が無くなる、と書いてあった。父はその通りだと思った。そうして既に萎縮腎が起っていて（腎臓がちぢむ病気である）、苦しい体で、山田の父を訪ねて説いた。だが山田の父は、女は洋行せんでもいい、という考えを固持していた。山田の父は丁度その時、やっぱり巴里に行っていた長女の婿《むこ》のところに自分の長女の幾子を行かせてはいないのである。父はそれでひどく頼み難《にく》いのであった。父はとうとう、或手段を思いついた。父は郵船会社に知人があったのでその人に頼んで次の便の船に申込んでしまった。そうして事後承諾の形で、山田の父に迫ったのであった。山田の父も仕方なく、承諾するよりなかったのである。私は巴里に行くことになった。私はすぐに浮かれる質《たち》で、神田の紀の国屋という、日本では一番いい靴を売っているという店で、母が買って来た靴を、黒の絹の靴下を履《は》いた足に履いて、そこらを歩き廻った。父は山田の父に、そういう、事後承諾を強いたことをひどく、心苦しく思い、母に言った。「俺は生れて始めて、悪いことをした」

と。ところで父の私への様子が、かすかに変ったことは、そのうれしさの中にも、冷たい影を落していた。その影は私が巴里に行けることになっても、その私の歓びの中にさえ薄い影を落していて、私の歓びをさえ、寂しげな影で蔽うのであった。いよいよ私が発つ日が来て私は汽車に乗りこみ、窓から顔を出すと窓の下に母の青い顔があり、窓枠に摑まって、泣きそうな顔になった妹がいる。その後に、大勢の山田の友達の陽気な顔と華やかな見送りの声が、湧き起っていた。だが私の目は、それらの後に、こころもち俯向いている父の顔に、何かの糸に引かれるようにして引きつけられていた。みると、父は少し青ざめた顔を俯向けている。その顔に私の目は絶えず惹かれていた。その心もち俯向けた父の顔は（お茉莉、行くな）と言っているのだ。私はなんともいえぬ心持になって、青い母の顔にも、泣き顔になっている妹の顔にも目が行かない。私の目は俯向いている父の顔に絶えず、さ迷って行った。山田の友人たちの華やかな声も遠のいて行った。その時父が顔を上げた。そうして二度、三度、肯いた。その顔は言っていた（解っていた）と。私は子供の泣き顔になり、顔中を涙にして泣いた。ずっと後になって母がこう言った。「あの頃パッパの様子をわたしも変に思ったのだよ。パッパに訊いてみるとパッパはこう仰言ったのだよ。（それは俺がわざとそうしているのだ。お茉莉は既《も》う珠樹君になつかなくてはいけない）と」。父は私がいつまでも自分の娘の心持だけでいてはいけないと、そう思ったのだ。それでわざと、そういう表情をしていたのだ。私は父が（解っていたよ）というように、二度、三度、深く肯いた時、顔を蔽いもしないで、子供の泣き顔になって泣き、その泣き顔のまま、発ったのであった。私はその時の、二度、三度肯いた父の顔、そうして（お茉莉、行くな）と言っていたその顔を見た時の自分の心持が、恋人を疑っていた心持が、ふと晴れた時の恋人の心と全く同じなのを感じる。又その日家に帰った父が母に、「今日のお茉莉は鳩のようだった」と言ったということもほんとうに嬉しく思っている。欧露巴では処女のことを鳩というのだそうである。父はその私の旅の留守に亡くなった。私は父の目に映った私の最後の顔が、鳩のようだったということが、ほんとうに、うれしい。父は私が発った時、私を再び見ることが出来ないことを知っていたのだった。その頃父の萎縮腎が進んでいて、その頃毎日通っていた、虎ノ門の図書館の坂を登るのがひどく苦しかった。母が車で通うことを勧めたが、俺が図書館に車で通ったら、俺の月給は無いのも同じになると言ってステッキを突いて、急な三年坂をよろよろ、登ったのであった。父は自分の死病を母にも、私と妹、弟にも言わずにいた。医者である小金井の叔父（父の妹の喜美子の夫である）と、これも医者の兄にだけ、打ち明かしていたのである。だが母は父の体の状態を感じていた。私は、東京駅での父の様子が、父が萎縮腎という病気になっていたからだったということを知らなかったのだ。父は今度床に就けば、再び起きることが出来ぬ。今床に就けばそれは死の床になるということを知っていた。母が父の様子を見て心配して、父に役所をしばらく休むように、すすめた。だが父は言った。俺にとって仕事をしないでいるということは、死んでいるのと同じだ。そうして役所から帰って玄関に迎える母に、「お母ちゃん、（父は子供が出来てからは母をお母ちゃんと、言っていた）俺は今日も、健康な人間と同じに、仕事をして来た」。そう言って、穴を開けたように窪みの出来ている頰に、うれしげな微笑《わら》いを浮かべた。母は切《せつ》なさで、胸が板のようになった。だが母は、明日《あした》もこの微笑いをさせて上げなくては、と思って、耐えていたそうである。我儘な奥さんだった母もその頃には、ずいぶん成長していたらしい。父は先《さき》にも書いたように、今床に就いたら、それは死の床だ、と思うので、弱った体で、座って膳に就いた。「お母ちゃん、俺はまだ、健康な人間のように座って飯《めし》を食っている」、そう言って、穴を彫ったような頰に笑いを浮べて、母を見た。父の箸は、茶碗の縁《へり》に打《ぶ》つかって細《こま》かくカチカチと、鳴った。母は哀しみを抑えて給仕をした。庭の青葉の蔭に、死の影が漂っているような気がした、と、母は後《のち》に、私に言った。父は母に、「お茉莉は今欧露巴にいる。人生の中で一番愉しい時期にいる。俺の病気の重いことも報らせるな、危篤の電報も打つな、死も報らせるな」と言った。けれども母は、伯林にいる於菟兄に、報らせぬわけには行かなかった。兄に報らせぬと、兄には継母に当る母としては、何かの疑いを受けるかも知れなかった。又母は父の重態で気持が動顚していて、兄に長文の電報を打って、巴里の茉莉には報らせぬようにと、言って遣《や》る、気持のゆとりがなかったのであった。母は見合いをした日から、父の死ぬまで、父を恋しつづけていたのであった。兄に、巴里の茉莉には報らせぬようにと言う、電報を打たなかったので、兄から（パパ重態。かえるならマルセイユで待つ）という電報が来た。私は直ぐ船を頼んで下さいと言った。山田の親友の辰野隆が、（今行っても、直るものなら直っているし、駄目であったら間に合わない）と言ったので、もう駄目なのだと、思った。辰野は続けて、（茉莉さんはパパの娘であると同時に、現在《いま》は珠樹君の奥さんなのだ。今茉莉さんが帰ることになれば、一人で帰すことは出来ない。珠樹君も貴女《あなた》に付いて帰ることになる。そうすれば珠樹君は、勉強の中途で日本に帰ることになる。それではいけない）と言った。私は言った。（それではパパに長い電報を打って、私がこの秋から、ブウランジェという老人に、フランス語を習うことになっている、ということを、報らせて下さい）と言った。辰野隆は出て行った。そうして、電報を打つ位の時間、外を歩いて、帰って来たのであった。私は父に、そのことを報らせること、だけで我慢をするよりなかったのであった。私は父が、寂しく感じていることは解っていた、というように、二度三度肯いて見せた顔、そうして（お茉莉、行くな）と言っていた、別れの刻《とき》の父の顔を思い浮べて、切《せつ》ない心持を抑えた。父のその時の、私に言った無言の言葉は、私の胸に、鋭い棘になって突刺さった。その父の心持は柔《やさ》しいので、その父の心の棘は柔《やわら》かい。薔薇の芽生えにある薄紅い棘のように、それは柔しい。だが、その棘は、柔しいために、尚一層、私の胸に痛みを与えたのであった。その棘は現在《いま》も私の胸に、刺さっている。それは父の胸から私の胸へ刺さった、父の心の中の切《せつ》ない苦しみであった。父は恋人が、自分の死ぬことで恋人の胸に鋭い棘を残すようにして、私の胸に鋭く尖った針を、残したのであった。

第二章　鷗外の情緒教育

私は父親の着物の胸に頬をすりつけていて、
ひどく幸福だった。

無ければ生きてゆけぬ蜜の香りの空気

私の祖父は津和野の町でさる伯爵に仕えていた貧乏医者だったが、その息子である鷗外は貧乏のびの字も感じさせない、大変に気持ちの贅沢な人間だった。貧乏医者のせがれでありながら、貧乏臭さというものが根こそぎないのである。祖父の写真を見たことがあるが、やはり気品のある鷹揚な顔をしていた。

ちょうど私が生まれた頃というのは、大変に家にお金のあった時だったから、私は父とともに贅沢に浸って、お姫様のように暮していたといってもいい。何人もの女中を使っていて、身のまわりの事すべてやってもらっていたので、私は勉強したり、歌を詠んだりするだけで日がな一日を過ごしていたのだ。戦後から今まで、貧乏のどん底にあるような生活をしている時でも、そのような暮しは私から離れない。相変らずその頃と同じつもりで日々を過ごしている。

私にとって贅沢とは極く自然なことなのだ。贅沢していても、それを贅沢と思うことなど、ない。ただ、それがなくなったら生きてゆけない、ということだけはわかっている。

素敵な少年たち

私は少女の頃から少年に憧れたことがなく、私の好きな対照はいつも自分の父親だった。それは好きを通り越して殆ど、恋人であった。稚《おさな》すぎた私は小学校でも友だちがなく、たった一人で原さんという、朝鮮総督をしていた人のお嬢さんと一寸親しかったが、そう話をしたり互いの家を訪ね合ったりもしなかった。又ひどい不器用のために、三年生になってからは、裁縫の教師が終始私の手元を見ては、苛々するらしく、意地悪な目を向けた。そんな風なので、常に苛められている、という意識があって、休み時間には孤独を感じていた。そういう風なので傷ついた犬のようになって家に帰る。それで父の膝に乗って、体をちぢめている時間が唯一の歓びの刻《とき》だった。父が又、私が傍へ行きさえすれば膝の上に乗せて背中を軽く叩き、愛の言葉をくり返したので、ますます、父は私の恋人のようになり、膝の上にいると父が巨きな樹のように感じられ、その樹は枝を大きく張っていて、細《こま》かな葉と、その葉の蔭の白い小さな花が見えてくる。時々微かな風が来て枝々は揺れ、花はいい香《にお》いがした。又、稚い時だけではなく幾つになっても、三十を越しても、年上の、父の代りになるような人間に向ってしか、愛情を持てない。そういうわけで、今だに美少年というものを好きになることがない。この頃人気のある国広富之、水谷豊、はもう青年であって少年とはいえないし。彼らをひいきにしてはいるが、二人とも素朴で、淡泊な性格のように見えて、又、淡泊であるわりに味のある、英吉利料理のようなところのある演技をいいと思っているだけだ。小説で美少年を描くので、こういう注文が来たのだろうと思うが、私が小説を書く時には、現実には決して存在しない、一つの小宇宙を、空想の中で造り出すのであるから、アラン・ドゥロンを十七才に還元し、その上に私の空想から生れた少年のように美化しているわけで、ああいう小説に出てくる少年たちは、私の空想の中でだけ生きて動いているのであって、現実のドゥロンは、金と名誉にガツガツしているいやな奴である。私の小説の中の少年たちは、これも私が空想で造り出した三十七八の混血の美男たちが、小説の中で愛したのであって、私自身が愛したわけではない。この、私の小説からくる誤解は、どこかに一度もう書いているが、なかなか晴れないらしくて、困惑する。私の小説の中の美青年のモデルのジャン・クロオド・ブリアリは、私が仮に若かったら、好きだろうと思うが、ブリアリはデヴューの頃から、年上の男の印象の役者であって、彼は少年の頃は美少年ではなかったろう。不細工《ぶさいく》な、むしろ美のない少年だったにちがいない。

今、考えてみたら二人の例外がいるので、それを書いておこう。だがその二人も美少年として好きなのではなく、私が現在《いま》十五六だったとしても、彼らより、三十才位の、父親的なところのある人の方が好きになれるだろう。彼ら二人を私がひいきなのは、前記の国広、水谷と同じく、淡泊な演技と淡泊な性格らしいからだ。美少年としてではなく、ごく若い甥か孫のような気持である。彼らが幼い少女になったとして空想すると、私がお茶の水の小学校にいた頃の、品のいい、あっさりした制服と帽子がぴったり似合いそうだからだ。白いすじ入りの濃紺のセーラーで中襟には紺の二本のすじが入っていて、真中に紺の星形が縫い取りしてある。それに白いパナマのような色の麦藁の、鍔の広い帽子。帽子には白のふちとりがあり、白のリボンが巻いてあって長く、後に垂れ、帽子の頂上にも白い布《きれ》で星の形が縫いつけてあった。まるで、英国のエリイト学校にいる、貴族の少女たちの制服のようだった。彼らというのは佐藤裕介と黒沢浩である。黒沢浩の方はコマーシャルだけで、ドラマに出ないのが残念である。

私のイタセクスアリス

柔らかな巣の中の少女

何故だろうか？　私のSexへの目覚めには他《ほか》の人のような、例えば室生犀星の「性に目覚める頃《ころ》」に代表されているような生々《なまなま》しさがない。犀星の場合は男の人の場合だとしても、女の人にもそういうものはあるのだろうと思う。

私は幼い頃、Sexの智識《ちしき》を知らされることのないように、(むろんそれ以外のいろ〳〵の、幼児を毒するものも含めてだったのだが) 女中達とだけになったり、彼女達と遊ぶことを禁じられていた。父親は母親に芝居へ行くことも、三越に行くことも、実家に遊びに行くことも許していたが、必ず私を伴れて行くことが条件だった。

少女時代になってからは、新聞を読ませなかった。雑誌は読んでもよかったが、その頃の雑誌は婦人雑誌、ことに少女雑誌には此頃《このごろ》のようなSexを描いた小説や記事はなかった。そうかといって、新聞や女中達の話からの、まずい形で入ってくるSexの智識の浸入を防いでおいて、父親が自分で私にそれについて話をしてくれるというのでもなかった。彼は医者だったし、いろ〳〵な智識も広い方だったのに。どうも私を何も知らない処女のままで夫の手に渡そうとしていたとしか考えられない。私が今書いている小説の中の父親は大変にいいやり方で、娘にSexの話をしてやっている。その父娘は、二人とも魂のどこかに魔をひそめていて、私と私の父親との、恋愛的な愛情を上越《うわ》すといってもいい愛情の世界にいるのだが。その父親は外国人相手の商社の社長だが、医学書を買って来てよく読んでから、娘に話してやっている。私の父母は柔かな巣の中の白い卵のような私をそっと隠しておいて、どんな色にも染まないように二人で庇《かば》っていたようなものである。

硝子の外の映像に陶酔

私は幼い頃、たくさんの部屋に沿って曲っては続いていた長い廊下を走ったり、庭に下りて散り敷いている椿《つばき》や山吹の花を拾ったりして一日を暮していた。廊下を走るのも、庭にいるのにも飽きると私は廊下に立ち、硝子戸の中から飽きもせずに硝子を距てた庭の木や空、花を見ていた。というより、硝子を透して外を見るということによって、硝子そのものを見ていたと言った方が当っていた。

顔を硝子にくっつけるようにして、私はじっと見ていた。その頃の硝子との親しみが、大げさに言えば私の精神形成の根源になっている。私は硝子を無意識の内になによりも好きな、自分に近いもののように思っていた。

何かを考えるようになってから、私はその硝子と私との関係を分析してみた。私が毎日見入っていた硝子戸の硝子は、ボヘミアン硝子とか、ヴェニス硝子、又《また》は水晶のように明瞭《はっきり》と透徹ってはいない。薄く曇っている。透明というよりは半透明である。そういう、曇りのある硝子は向う側にあるものをはっきりそのままに映しているようでいて、その映像はどこか不確《ふたし》かである。その薄曇った硝子、不たしかな庭の木や空、花の映像が何故か、私を惹《ひ》きつけた。どこかうっとりするような深い魅力である。

この頃になって私は、硝子の容《い》れものや、壜《びん》なぞを部屋において眺《なが》めるようになった。私の部屋の壜たちはそれ〴〵のはっきりしない薄く曇った色で私を魅惑する。半透明な硝子をじっと見ていると、中になにかあるような気がする。だが何もないようにも思われる。その中に、何かがあるようでいて無い、無いようでいてある、それが硝子なのである。それが硝子の魅惑なのである。

硝子の向うにある空なら空、樹なら樹、花なら花は、たしかにそれら自身にはちがいないのだが、どこか、絶対にたしかだとは信じ切れない感じがある。私の幼い頃、庭の空や樹々、花々は厚い硝子の向うに、いつも不たしかな姿を映して私に見せていた。そのどこかわからない、不たしかなものの形、ものの色が私にうっとりする感じを与えた。大げさに言えば陶酔である。

――私は小説の中で人物がうっとりする時、陶酔すると書いてうっとりとルビをふることにしている。恋愛場面で人物がうっとりしていると書く時、私の頭にはいつも硝子が浮かび上っている――

人間なんかも、なにかわからないものを潜めている人間に魅力を感じる。Sexには硝子のようなところがある。常に、わからないものに惹きつけられている私のような人間でも、Sexの場合にはたしかに、現実にそういう状態に入るのにはちがいないが、現実だけで、そういう状態に入る人と比べると、そこにはちがうものがあると思う。何かが附加《ふか》されている筈《はず》である。Sexの中に私が硝子に感じるもののようなものが加われば、完全なSexだと言えるだろう。そんな気がする。それがあるのがほんとうの恋人たちのふれ合いだろう。それがなくて現実だけなら、それは人類を絶やさないための行動以外のなにものでもない。それに今の社会の状態では、近い将来にSexの行動は異形《いぎよう》な、ぞっとするような不具人間を造るための行動となるだろうから、現実派の人々にはその行動は遠慮して貰《もら》いたい。歓《よろこ》びもなく、美しさもなく、醜怪なものを繁殖するための行動になるのだから。花と蝶《ちよう》は両方とも形が綺麗《きれい》なので、素晴しい恋愛にみえるが、事実は彼らは現実派である。私は今では幼い時より以上に硝子が好きで、みていると、わからぬものに魅せられ、硝子の魅惑の中に惹き入れられる。硝子の中に、体ごと入ってしまいたいような感じにさえなる。

今私はヴェルモットの空壜、コカコオラの空壜（コカコオラの空壜の色はシンガポオル、ペナンの辺りの透徹った海の色に似ている。ボッチチェリの「ヴィナスの誕生」の海の色にも似ている）を窓際《まど》において見ているが、原稿を書きたくなった時だけ書いていればいい身分だったら、一日中それらの壜に見入っていて、硝子の魅惑の中に浸っている日もあるかも知れない。私にとって硝子というものは恋人のようなものであり、分身のようでもあって、お互いが一つの物体のような親しいものなのである。

父の膝の上で情緒教育

幼い時に硝子戸に顔をつけて、庭に見入っていた時が、私と硝子との最初の出会いであった。硝子が好きになったのと同じ時期に、私は父親の膝《ひざ》の上で幸福な刻を過した。私の父親は素晴しい情緒を持った人で、又微笑が美しい人だった。父の膝の上にのっていると、私には父が大きな樹のように思われた。その樹は長い枝を大きく拡げていて、その枝は細《こま》かな葉に蔽《おお》われ、その間々に白い細《こま》かな花がついていた。時々微かな風が来て枝が揺れ、白い花々はいい香《にお》いがした。私は、父親の膝の上にいるという安心感だけではない、不思議な歓びを覚えた。父は低い声で、「お茉莉は上等よ」と言いながら柔《やさ》しく微笑《わら》い、掌で背中を軽く叩《たた》いた。

私は父親の着物の胸に頰《ほお》をすりつけていて、ひどく幸福だった。父の着物の胸は葉巻の香《にお》いがした。彼の雰囲気《ふんいき》が美しいために、父が私を膝にのせている時、私は父からSexの教育はうけなかったが、情緒教育をうけていたのである。父はよく上野の山の樹々に囲まれたベンチに腰を下ろして、黒檀《こくたん》のステッキに両掌をのせていたが、地面にしゃがんで小石なぞを拾っている私がふと顔を上げると、微笑《わら》の顔を二三度軽く肯かせた。彼は大声で呼ぶというようなことはしない人で、微笑《わら》って肯くのは「お茉莉、ここへお出で」と言っているのである。遠くから歩いてくる時なぞはステッキを少し高く上げて振った。

電車の向う側に腰をかけている時には、ステッキを横に延ばして私の膝を軽く突いた。そういう時父の微笑は（動物園へ行こうなあ）とか、（今日は精養軒に伴れてゆくぞ……）なぞと話しかけているのだ。さっき私は父がSexの教育をしなかったと書いたが、私をそういう柔《やさ》しい情緒で包んでいた彼は私に素晴しい情緒教育をしていたので、やっぱりそれでよかったのだ。十六七になって、女が恋というものを知る時、その相手の人が綺麗な情緒を持っていたら、それは幸福なことである。

晴れたり曇ったりしていた空や、もく〳〵と繁って桃色の花をのぞかせていた椿の木、又はしぶきをあげて降り、庭の草花を波のように揺すり、押し伏せ、池のような水溜《みずたま》りの水面に小さな珈琲茶碗《コーヒーぢゃわん》のような泡《あわ》を浮かべて、ゆっくりと流していた夏の雨、そういう硝子の向うに映るものに見入っていた私は、今から思うと、幾らかセクシュアルな歓びを覚えていたのである。

母や女中の声が食事時を報らせなければ一日でも私は硝子から離れなかっただろう。父親の柔《やさ》しい雰囲気と硝子とが私に、言葉には表わせない歓びを覚えさせた。父親が留守の時、私は庭の金竜辺という灌木《かんぼく》の下に小さくなって入りこんでいた。その木の下にいると、小さな白い提灯のような花と細い茎とが短い雨のように私の上から降りかかるようであったから、私はその木を父の膝の代りにしていたのである。

その頃は無意識だったが、大人になってから私が硝子壜に見入り、硝子の薄曇った色に惹き入れられてうっとりとするような、懶《ものう》いような気分になっている時、私は一種の間接なエロティシスムを感じる。

私は特定の男の人とか、ふつうエロティックだといわれるなにかよりは、透明なようでいて、どこか曇りのある硝子に見入ったり、硝子の向うにあるものを見ている時に陶酔を感じる。硝子を距てた空や花や、父の膝は言ってみれば間接である。間接的な感覚というものは直接より反応は強い。

短剣の光と紅い血の色

私が幼い頃、風邪をこじらせたような時、軍医が来て注射を搏《う》った。私は痛みというものに極端に弱くて、その度に恐怖した。何度搏たれても馴《な》れず、免疫にならなかった。軍医が細く光る注射針を、酒精で消毒し始めると私は枕《まくら》の上で顔を医者のいない方にねじ向けた。そうして心の中で「する……もうするわ……」と言い、体を固くした。小さい、鋭い痛みが走った。医者が帰って行って夕方になり、あたりが薄暗くなる。私は一人で寝ていて、一心に父親の帰りを待っていた。

様子を見に来た母親が、私が顔を枕に伏せているのを見て睡っていると思って忙しそうに出て行く藍灰色《らんかいしょく》の羽織の後姿を見ている時、又それが薄曇りの午後で、枕元の薬の壜の半透明な色や、硝子戸越しにぼんやりと見える春の空（春の空は明るいようでも薄く曇っていて昏《くら》いものである）を見ているような時、私はまだすっかりは去らない恐怖と、まだ微かに痛みが残っているような気分に浸っていた。その気分は今になって思うと、一種のエロティシスムだったようだ。私が今、硝子の壜に眺め入っていて感じるような、厚い膜や硝子を距てて何かがある、というような気分である。幼い頃の私が（今でもそうだが）恐怖しやすくなったのは、父親と見に行った北欧の翻訳劇が原因らしい。

その頃の北欧の芝居はどういうわけかどれも〳〵、恐ろしい事が起った。幕が開いた時には十七八の少女やその妹、父親、母親、やさしい伯父さんなぞが楽しげに話しているが、やがて恐ろしいことが起り、姉娘が真白な寝衣の胸を紅い薔薇《ばら》を幾つも固めたような血の色に染めて、中二階の寝室からよろめいて出てくる。又「マクベス」

では、マクベス夫人が夫をそそのかして城に宿っていた王を殺させるが、臆《おく》した夫に手を貸した時に王の血が掌にかかった。夫人は階段の下の部屋で血を洗い落したが、その内に発狂して、夜中に燭台《しょくだい》を片手に何度も階下に下りて来ては手を洗う。そんな場面のいろ〳〵が、私の幼い頭に灼《や》きついた。

私は隣にいる父の肱《ひじ》に摑《つか》まり、目をこらして舞台に見入り、役者たちの顔に悪意が影のように表れるのを見つけて恐怖した。（あの女は悪い女だ……きっと何かが起こる……）と、私は思った。「僧房夢」という芝居では伯爵夫人のエルガアの恋人を伯爵が殺して、死体を夫人と恋人とが密会していた塔の上の小部屋の寝台に放りこむ。真夜中に、伯爵に無理やりに塔の部屋に伴れて行かれたエルガアは寝台の垂絹《たれきぬ》の陰から出ている恋人の脚を見る。

ともかくそういう陰惨な芝居ばかりだった。それで私の幼い目に短剣の光と紅い血の色とが強い映像になって残り、そのために私は、注射の針の光と紅い血とを恐れたのだ。（最初の注射の時に針を抜く手が滑って、少しだが血が流れたのである）

やがて私が十六になった時、私は二代目の左団次（二三年前に亡くなった左団次ではない）と市川松蔦との心中もの（「箕輪心中」「鳥辺山心中」「番町皿屋敷」なぞである）を見て、又素晴しい情緒教育をうけた。二代目左団次という役者は歌舞伎役者の雰囲気がまるでない人で、若い時の素顔は書生のようだった。又綺麗な微笑が、私の父によく似ていた。市村羽左衛門が玄人の女の人にもてたのと違って左団次は女学生のファンが多かった。私もそのファンの中の一人だった。

その頃左団次の家は駿河台にあったが、女学生のファンの中には彼の家の廻《まわ》りをひとまわりしないと睡れないという少女もあった。彼は洋行して来て、読む本もヴェデキンドだった。彼は帰国すると演技座の枡《ます》席を椅子《いす》席に改革させた。むろん食事も食堂に限られてしまった。それまで枡の客に、たっつけ袴《ばかま》のいきな格好で寿司や、お弁当、果物を運んでいた出方《でかた》や下足番が大勢職を失ってしまった。彼らの間に不穏な空気が漲《みなぎ》った。ある夜、何か起りそうな気配があったので劇場側が彼に別の出口から出るように勧めたが、彼はこともなげに笑い、いつもの出口から人力車で、しかも幌《ほろ》を上げさせて帰った。その記事を読んで私は胸を轟《とどろ》かせた。英雄的な左団次の様子が私を感動させたのである。

当時、岡本綺堂という偉い劇作家が左団次とタイアップしていて、私の父のように微笑し、少女を庇《かば》うような、優しい仕科をする左団次に篏《は》めた芝居を次から次と書いて、左団次松蔦時代が現出した。大正時代である。恋人役の松蔦も歌舞伎の女形の感じがなく女学生的な顔だちで、目がぱっちりと丸く、高すぎない鼻、女っぽくない小さな唇元《くちもと》、細い首、細い腰で、可憐《かれん》この上なかった。左団次の青山播磨が、「丹前風呂《ぶろ》でも女子《おなご》の盃《さかずき》手に取らず、愛《め》づるは我が家の菊一輪と……」などという台《せりふ》を言って微笑する顔を、私はうっとりとして見た。父の情操教育に続いて左団次松蔦は私に素晴しい情操教育を授けたことになる。

子供は清らかではない

以上、書いて来たように私のヴィタセクスアリスへの目覚めは硝子への感覚である。或不可解なものをひそめている硝子、その硝子の向うに見える空、木、花であり、又父の膝の上で感じた、美しい巨きな樹であった。私はなにも上品ぶったり、真実《ほんとう》を隠して清らかぶったりしているのではない。

私の硝子への想いは、厳密な意味では、世間で言う所謂《いわゆる》清らかではない。私は私なりに私の感覚で、Sexというものを捉《とら》えた過去を、それを偽らずに書いたのであって、私としては書きにくいことを書いているわけだ。私は自分を子供のような人間だと思っている。子供というものは決して清らかなものではない。どうかすると大人以上に感覚的なものであり、素晴しいものであり、又内部に魔性を持っているものである。

　夢のない大人が彼らを現実人間に育て上げてしまう場合が殆《ほとん》どである。言うまでもないがセクシュアルだということは決して汚れたことではない。私は世間の考えに従って、子供は清らかでないと言ったままでである。私のこの感覚は硝子の魅惑を知らずにしまった人間にはわからない。室生犀星は私に呉れた葉書の終りに《硝子は燃え、消えるものです》と、書いている。

病気の経験、百日咳

その病気を、現在でも百日咳と呼んでいるかどうか、この頃ではあまり百日咳という言葉を聴かないが、私の子供の頃は注射もなかったので、子供の死病であった。私が五つの時の或日、夕飯をたべ終ったと思うと、仰向けに倒れた。驚いて床をとって寝かせ、体温を計ると八度七分ある。直ぐにいつも呼ぶ橋本軍医を招いた。熱はどんどん上がって四十度になった。父は日頃、軍医が一番いいと信じているらしく、（自分が軍医だかららしい）橋本軍医をいつも招いたが、四十度の熱が二日も下らぬので我を折って青山　道という当時第一の名医を招いた。その人が死ぬと言った病人は必ず死ぬ、その人が直ると言った病人は必ず治る、と言われていた。

青山　道は私を診《み》て、後《あと》二十四時間の命である、と言った。四十度の熱はずっと続いている。母は泣き疲れて頭が呆《ぼう》っとなった顔を上げて、父の方を見ると、私の枕元に横向きに座っている父の膝の上に涙が一滴、一滴、と落ちている。(あの強い、あの人が……)と母はそれを見て、思った。

その時父の母の峰が、橋本軍医を隠居所に呼んで、「林《りん》とお茂の嘆くのが見ておれぬ、どうせ後《あと》二十四時間の命じゃ。茉莉を楽にしては遣《や》れんじゃろうか」と言い、橋本軍医は「モルヒネを打てば楽になられます」と言い、病室に帰って、父母に報告した。

咳込みと咳込みとの間の間は次第に詰まって、咳は殆ど続けざまになり、咳込んで、子供は母の胎内にいた時のように握った両肱を脇に固くつけて咳込んでいる。四肢は細く瘦せ、腹だけが大きく膨らみ、胸部は湿布の跡で赤紫色になり、両腕も両脚も、もう注射を打つ場所が無い程である。

咳と咳との間に、咽喉の奥へ引き込む、笛のような音が哀れである。母は軍医の言うのを聴いて、「注射を打って下さい」と悲痛な声で言い、父が、「まあ、待て、もう少し待て」と言った。子供の哀れな様子はどうも見ておれぬ。遂《と》う遂《と》う父も、「打って呉れ」と言った。その時案内も待たず、つかつかと入って来た母の実家の父が立った儘見下《お》ろして「茉莉はどうだ」と言った。母が「茉莉は今、楽にしていただくのです」と言った。実家の父がその時立った儘父と母とを見下ろして、一喝した。

「莫迦っ。茉莉に寿命があったらどうする。」

父も母も、目が覚《さ》めたようになって祖父を仰ぎ見た。軍医が、「ご親類でも、お家の別な方に知られましてはお打ちすることは出来ません」と言って、注射器を、銀の盆の上に置いた。そのカチリという音を聴いた母は、(ああ、あれが、茉莉の命の助かった音だ……)と思ったそうである。子供の病はその翌日から好転し、熱が下《さが》り始めたのである。

母は「ほんとうに悪夢のようだった」と、生前、幾度かその時の話をし、ホッと溜息をつくのであった。

薬と私

私がこの世に生れて最初に飲んだ薬は、たしか父親が独逸にいた時知った造血剤で、牛の血をそのまま乾して固めた、赤黒い丸薬《がんやく》だった。厚みがあって大きい、糖衣などで包《くる》んでない、ざらざらの丸薬《がんやく》で、よろずに不器用な私は、それを湯で飲みこむのがうまく行かなくて困った。学校の手工で、茹でた豌豆に竹の串を突き刺す時には、串は右に左に外《そ》れるし、靴の釦《ボタン》を嵌めるのにも時間がかかる。そんな私は、母親や教師を絶えずいらいらさせていたが、（父親は私が何かが上手《うま》く出来ないと自分でやってくれ、どうしても私にやらせなくてはいけないことだといくらでも待っていてくれたが、そんな忍耐力のある人間は父親以外どこを探してもなかったのである）口の中で舌を動かす筋《すじ》や、咽喉の入口の筋肉の運動まで不器用だとは、その薬を飲むまで私も知らなかった。もたもたしていると、母親が青白い美しい顔で睨む。（早くお飲みなさい、早く）。思えば私はこの母親の（早く、早く）という、掛け声で、日常のすべてをやって来たのだ。母親の顔をちらちら窃《ぬす》み見ながら努力している内に、私はとうとう噛んでしまう。噛んだ方が効きめは早いようなものだが、その丸薬は大変な味なので、私を睨む母親も、呑もうとしてあせる私も真剣勝負だったわけである。舌と咽喉の筋肉を動かすことは今も下手で、毎日日に三度、毒掃丸を呑みこむ努力をしている。糖衣を被せてない錠剤は、昔飲んだ牛の血の丸薬を除いては天下にこの毒掃丸《き》だけであるが、困った錠剤があったものである。(漢法薬らしいから、糖衣を被せない方が効力が強いのだろうと推察して我慢している)

私は十二三になるまでは年中何かしら大病をやっていて、病院に入っても、退院したかと思うとすぐに又入院した。それに、しゃんとしたところのない子供で、めでたく退院という日でも、ぐにゃりと、看護婦に凭れかかっていて、入院の時はなおさらであるから、退院するところなのか、入院するところなのか、様子を見ただけでは区別がつかなかった。十二三からは急に丈夫になったが、めきめき太って来て、婚約が定まった頃には色が黒くて大きな、楕円形の太った顔の娘になり、頬は紅く、父親が自慢にしていた美少女の面影は、あとかたもなく消え去った。父親はそれでもなお「上等、上等」のお念仏を止めず、婚礼用の振袖の図案を考えたり、色を定めたりしていたが、そんなわけで、私と薬とは殆ど縁が切れた状態になり、その状態は長く続いた。

ところが四十代に入った頃から、私は栄養剤とかいろいろな薬に凝りはじめて、その癖は二三年前まで続いた。やっとこのごろになって、ヴィタミン過剰状態の時代は終りを告げて、毒掃丸とアリナミンA25、ビオフェルミン、それと頭の疲労回復にいいという、セレブロジンという橙色の錠剤の四種類位に整理された。急に又大病にでもなれば又どんな種類の薬のお世話になるかしらないが、これが一応今までの、私と薬との間の関り合いなのである。

顎髭を生やした主治医

　幼い子供だったころ、私の病気を診たのは橋本監次郎という軍医だった。軍医正ではなく、軍医総監でもなくて――グンイソーカンは私の父だから――グンイソーカンとグンイセイとの間の偉さの人だったらしい。橋本先生は電話で直ぐに来たが、病気といってもほんの一寸気分が悪くて吐きそうになった位でも、私の母親は直ぐに女中を呼んで奥の六畳に床をとらせて、橋本先生に来て貰った。橋本先生は細い顔で、尖った――多分尖った――顎の先に、顎髭を生やしていて、そのために横から見ると、花王石鹼の広告のように顎がしゃくれて尖っているように見えた。少し肺の方が弱かったのかも知れない。顔は白くて高頰のところがぼうっとうす紅かった。

　やさしい目は微笑《わら》いを浮べていない時はなかったが、寝ている私の方に近寄って来る時はとくに、満面に笑みを湛えた。母の用意した新しいタオルで、シャボンで洗った掌をよく拭くと、その掌を商人の揉み手のようにしてすり合わせ、笑み溢れ、軍服の膝で少しずつ擦り寄った。その様子は、素晴しいご馳走によろこんで近づく感じだった。

　私はちらと、先生の膝の脇に注射のためのガアゼを入れた銀ピカの箱や、注射器、アルコオルの小さな壜がおいてないのをたしかめると安心してその顔を見上げた。そんな瞬間に私は先生の顔の特長を視ていたようだ。高頬がうす紅くて、白く細い顔にはほんの少しの狡さがあって、その狡さは、私に痛いことをされはしないか、或は、病気だから明日も、明後日も、寝ていろといいはしないか、又ことに、ご飯を止《や》めて肉汁《スウプ》になさいとか、牛肉はいけないとか、言いはしないか、という危惧を抱かせまいとするための用心がさせるものだった。顔の色といい、うす紅い高頬といい、尖って先へ出ている顎髭といい、先生はどこか学校の修道女《スウル》がくれる御絵《おえ》のキリストのようでもあるし、又フランスの帝制時代の、王におもねる狡猾な武士のようでもあった。エルネスト・ロオリエとでもいう名の、羽毛《はね》のついた鍔の広い帽子を被り襟《カラ》と袖口とにダンテル（レース）のついた服で、帯には短剣を吊り、その短剣が、身動きをするような時に、小さな、カチャリという音をたてる。そうして、薄く微笑う顔におもねり微笑いを浮べて王に敬礼をする、そういうフランスの武士のような感じだった。むろんこれらの感想は、幼い私がよく見ておいた彼の風貌に、大人になった私が附加したものである。先生はそのころの軍人が履いた白の木綿の靴下の足で音もなく部屋へ入って来、又出て行った。その音のない、秘密に入って来たり、出て行ったりする人のような歩き方も私に、狡い人を感じさせた。その猫のように歩いてくる特長も、私に、この人は（私に痛くしませんよ）と嘘を吐いておいて、忽ち後においておいた鞄の中から注射の道具を手早く出す時のある注意人物である、という印象を強く印象づけたのだ。

神経の細かい、動作の静かな橋本先生は、たしかに私の父親が、たくさんいる軍医の中から、私の病気を診る人として伴れて来た人物だった。何故なら私の父親は大きな音をたてたり、がさつな動作をする、神経の荒い人を好きでなかったからだ。

私を上手にだました先生が素早い動作——シラノの時代の武士だから、スカラムウシュの素早い身ごなしである——で注射の道具をとり出し、白い手で注射器を消毒し始めると私は（やっぱり注射をするのだ）と絶望した。そうして先生が柔しげな掌で私の着物の袖をたくし上げると、枕の上で首を壁の方に出来るだけねじ向け、恐ろしい瞬間を恐れながら待った。（もうする……もうするわ）。冷たい酒精が上膊を擦る。やがて小さい、鋭い痛みが走るのである。橋本先生の特長のすべて、動作のすべてが、私をうまくだまそうとする人の感じだったが、この瞬間が最も私が先生をきらいになる瞬間だった。

運動会と私

私は生れつき動作がのろい、運動神経が鈍い、なぞという程度ではなかった。お茶の水の小学校の入学試験がとおって、めでたく入学はしたが、学校とは勉強を教わるところだと思っていて駆けっこもするところだとは知らなかった。入学試験に駆けっこがなかったのは私にとって幸であった。

駆けっこは運動会のときだけだったが、毎日、お休み時間というものがあって、私の運動神経の鈍さは人々の前に露呈した。鬼ごっこや席取りをしてものろのろ走るので、鬼ごっこの時には鬼になったままだし、席取りの時には私だけはいつも柱を専領することができないから、いつまで経っても宿無しで突立っていなくてはならなかった。友達も、じれったいし、興味を削ぐので、変な顔をして見るようになり、私は友達以上につまらなく、屈辱感に襲われた。私はだんだん仲間外れになった。

そういう私は運動会が来ると、憂鬱だった。私の組の番になってスタート・ライン
に並ぶと、先生の、

（用意）

という声が響き渡る。こわがって内心ふるえていると、お腹の底に響くような、

（ピリリーッ）

という先生の笛が鳴る。

臆病なのでその音によろよろして、まずスタートが遅れた。もう皆はどんどん私の前を走っている。いつでも、私の後には一人も走る人はいなかった。絶望と羞かしさでわけがわからなくなりながら、私はのろのろと走った。父親は「なに、早く走るのがうまくなくたって、お茉莉は上等よ」と言ってくれたが、その言葉も私の運動会が来る度の憂鬱を吹き消す力はなかった。その私が一度、どうしたのか二番になって、銅のメダルをもらい、その時には生徒たちも、先生も、両親も、全部が愕いたのだった。

私の聴いた童話——清心丹の香いの中で——

私の母は子守歌というものは歌わない人だった。声が悪いからと、いうのである。たしかに、女性らしい、子供がその歌うのを聴いて睡りの国へ誘われるような声ではなかったが、子供というものは悪い声でも、母の歌うのを聴けば睡るものだ。私の母は十五代目の羽左衛門の女役のような美貌だったので、あたしは笑い顔が悪いと言って、嫩《わか》い頃は笑わなかったし、声が女性的でないのも気にしていた。ただ彼女は毎夜、私の枕元に座って、掛け蒲団の上から私の上に被さるように、上半身をかがめ、低い声でお伽噺をしてくれた。昔は童話とは言わなかった。話はすべて、独逸のメルヘンで、彼女が父からきいて覚えたものである。この頃の童話の本では「白雪姫」となっている雪白姫の話、薔薇姫の話（これも本には眠り姫となっている）、赤頭巾の話、ハンスとグレェテの話、シンデレラの話、なぞである。（死んだ兄はヘンゼルとグレエテと言っていたし、その方が原文通りらしいが、私は父がハンスとグレェテと言っていたので、ハンスとグレェテと書きたい)。母が身を屈《かが》めているので、母の糸織の普段着の胸が真近《まじ》に見えていて、その胸の辺りからは清心丹の香《にお》いがしていた。清心丹は、今でも売ってはいるが、知っている人は少ない。その頃流行《はや》っている清涼剤だった。「セイシンタン」という言葉に私は、今でも懐しい響きを聴くのである。清心丹の香《にお》いがかすかに漂う中で、私はそれらの話を聴いた。清心丹の香《にお》いは、母の普段着にはどれにも浸みこんでいて、香を燻きこめた衣《きぬ》のような美しさと懐かしさが、感じられた。源氏物語の中の女人は、各々《それぞれ》、その女《ひと》に会った香を燻きこめて居たらしいが、私にとって母の香《こう》は清心丹の香《にお》いだった。母の留守に、袖だたみにした母の普段着がおいてあると、私はその着物を持ち上げて、清心丹の香《にお》いを香《か》いだ。決して強くはない、そこはかとなく漂ってくる香《にお》いと一緒に、幼い私は母そのものを感じとり、淋しさをまぎらわせようとしたのだが、淋しさはその薄い香《にお》いとともに却って深まった。母の糸織の普段着は、緑と暗い紅《あか》とを二重染めにしたような、アルパカの色によく似た地色で、そこへ白で、米粒のような形の絣がある。母は三十になったかならぬかの年齢《とし》である。青みをおびて透徹った、艶のあるその顔が、その着物の色に照り映えて、美しかった。清心丹のほのかな香《にお》いの中で母の声が言う。

「ゆきしろひめがね……」

幼い私は母の胸の、お米が並んだような絣を見ている。その内に悪魔の老婆が籠の中に林檎を入れて、小人の家にやってくる。何度聴いても恐ろしい。雪白がたべなければいい、と希《ねが》うのである。（鏡よ、鏡よ、この世界で一番美しいのはだれだえ？）と、鏡にきくところも、母の顔が美しいので実感がある。指先きに紡《つむ》が刺さって倒れ、そのまま睡ってしまう薔薇姫。

それから百年が経って門も窓も、薔薇や蔦が絡まって開《あ》かなくなったお城。ハンスとグレェテとが、父親の後《あと》から、森の道を歩いて行く。継母の言いつけで父親が、もう帰っては来《こ》られぬ山の奥へつれて行くのではないか、と思ったハンスが道々樹の小枝を折っては捨ててゆき、その小枝を辿って二人は家に帰るが、三日目だったかに、麵麭《パン》屑を隠しに入れて行って道々落として行くが、小鳥にたべられてしまって、二人は道に迷う。兄妹《きょうだい》が辿りついた麵麭とビスケットと砂糖菓子で出来た家は私にとってはたしかに実在する家だった。本郷の青木堂で買ったビスケット、ウェファース、燐寸箱の大きさの、奇麗な箱入りの英吉利チョコレエトで出来た家が、見たことのない、千も万もの木の葉をつけた樹々に囲まれて、幼い頭に映った。

縁飾りのある鏡、美しい継母《ままはは》、母よりも美しい、雪のように白い雪白姫、毒を塗った奇麗な飾り櫛、毒の林檎、硝子の寝柩に横たわったゆきしろ、薔薇のように綺麗な薔薇姫、恐ろしい心を持った継母たち、黒いものを着た姿が見えてくる魔法使いの老婆、真夜中の十二時の鐘が鳴って、王子の城から逃げ帰ったシンデレラの硝子の靴、なぞが、清心丹の香《にお》いの中で私の目に見えてくるのを、私は覚えた。

日本のお伽噺にも、鬼、悪い狸、意地悪婆さん、なぞが出てくるが、単純な悪であって、私は恐怖を感じなかった。(その頃神田に中西という品格のある本屋があって、私はそこで小波《さざなみ》昔噺を買って貰い、それらの日本の話を知った)西欧の童話にある悪は複雑で、底が深い。女の嫉妬、美への嫉妬、薬殺、陰謀、呪い、なぞの薄気味の悪いものが、くろぐろと底に沈んでいる。感受性が目覚め始めた三つ四つの頃聴いた、これらの恐ろしい童話は私にある影響を与えたらしい。私は今、恐ろしい作り話《フィクション》の小説を多く書く小説家になっている。

小さな反抗

小学五年の六月のある午後、教室の中はひどく暑かった。わたしの水色木綿の夏服の背中は汗になっていた。裁縫の時間である。わたしは白のさらしの端を三つに折り、折った上を左手で不器用に抑え、右の手にようよう糸を通した針を持って、のろのろとくけ針を運んでいた。針に糸を通すのも、糸に止めを作るのも、容易なことではないので、そのためにばか長い糸をつけているのだが、糸を抜き出すたびにひじにまで引っかかるほどの、長い糸もとうとう終わりになってわたしは手あかだらけのたんこぶを造《こし》らえて止め、新しい糸に手を出した。校庭の藤だなは濃い緑にもくもくと重なり、自由の世界だ、という誘惑に満ち、裁縫という地獄に縛りつけられているわたしのユーウツをいよいよ堪えがたくしている。その時、後ろの戸が開いて、参観の受持の女教師がはいって来たらしく、ちょうどその辺を見回っていた裁縫の教師の草履の音は四つにふえ、足音は時々止まっては進みながら、わたしの席の方に近づいて来る。草履の音はとうとうわたしの後ろへ来て、止まった。二人の女教師の見下している目を感じると、糸にたんこぶを作ろうとするわたしの手は、いよいようまく動かなかった。四、五回やり直したが、まだいけない。背中の汗はひどくなり、わたしは完全に、へたばっていた。

「これですからねえ」

頭の上で裁縫の女教師の声がした。おくれ毛一本ない真黒な束髪の、ちりめんじわのある真白な、白猿のような顔が、薄ら笑いを浮かべているのを、わたしは背中ではっきり見た。受持の教師のアゴの四角い、声のない微笑《わら》いも、はっきりと、感じとった。

わたしという子どもは、生きているのか死んでいるのかわからないような子どもで、口惜しいことがあっても、あまり明瞭《はっきり》とその感情が出ない感じがあった。友だちが足ののろいのなぞを笑っても、暈《ぼんや》りとしている。そういうわたしは、しゃきしゃきした江戸っ子の母を、二、六時中じりじりさせる存在であった。親類の間には（マリはばかだ）という、ひそかな声があり、（おマリは上等だ）と言って弁護するのは父ひとりだった。そういうわたしが、白猿に対してだけは、別だった。わたしのまだ狭い、小さな胸は屈辱に固くなり、その年には見えない、幼い形をしたくちびるは、両端が吊り上がったように強《きつ》く、結ばれていた。

明くる日の朝わたしは、母のするままになって洋服を着ることは着たが、学校へは決して行くまいと、心に決めていた。時間がきて母が登校を促すとわたしは首をふり、果は細い腕で縁側の柱に巻きついて、手を引っぱる母の腕の力に抵抗した。隣のへやにいた父が、母に訳を聞けと言ったらしい。わたしは母に、前の日の出来事をたどたどしく語り、あの裁縫の先生のいる学校へは行かない。あの先生の顔をもう一度見るのはいやだ。と、言った。父が目で止めたのか、母はそれきり登校を強いることを中止した。

夜、寝床にはいっていると、隣室で父と母との会話が聞こえてきた。

「どんな教師なのだい」

「おくれ毛ひとつない束髪の、ごく色の白い、そうですねえ、意地の悪い奥女中というような人です」

「ふうむ、そうか。よほど不愉快だったらしい」

「そうのようです」

「別の学校をきょうから捜そう」

「せっかくはいれましたのに」

「師範学校でなくったっていい。どこかあるだろう」

「ですがそうすると、十日は休ませることになりますねえ」

わたしは歓喜した。愚かなわたしは十日ぐらいあそんでから、別の学校に行けるのだと、大いに喜んだのだが、別の学校へ行く前に、わたしにとってひどく間の悪い関所があったことには、気づかなかった。神田の仏英和に入学が決まった日、母はわたしをつれてもとの学校に行った。机の道具をまとめると、わたしの手を引いて教員室に行き、各教師ごとに机を回わって、世話になった礼と、別れのあいさつを述べ、わたしにもおじぎをさせたのだ。白猿の番がきて、わたしは黒の木綿のくつ下をはいた、ゴボウのように細い足で、母の後ろに隠れるようにして、立っていた。母はあいさつがすむと、わたしの肩を軽く押しやるようにして前に押し出した。わたしは黒人の娘のような大きな目を、視点をなるたけ暈《ぼ》かすようにして、教師の顔の上に漂わせた。白猿は笑っていた。しかも頭の上にある母の微笑《わら》いと合作の笑いなのだ。わたしはおとなたちから、つまり女教師と母とから、肩すかしをくったような、間の悪さを感じないではいられない。強い反抗を示して、女教師をいくらかは罰したようなつもりでいたわたしは、ひとりで怒りひとりで逃亡を企てていた自分のこっけいな立場に、初めて気づいたので、あった。

まま母への恐れ

今朝ふとテレビに目を遣《や》るとどこかの海岸が映っていて、高い波が押し寄せている。私は幼い時海を恐れて、母に縋《すが》りついた時のことを思い出した。母がそれを、日露戦争でシベリアにいた父への手紙に書いた。するとその手紙を読んだ父がそれを詩に書いた。今手許に本がないのでその一部しか覚えていないが（海てふ＝旧仮名、ちょうと読む＝ものを知らざりき、哀れ幼な子）というのである。

母は生真面目で、父が冗談を言うと怒った。母は一寸熱が出たような時、大真面目な顔を青くして父に、大丈夫でしょうかと訊いた。父が一寸顔色だけを見て手も取らず（大丈夫、大丈夫）と言うと母は脈を見て下さいと手を出すと父は一寸手首を抑えて（大丈夫、命に別状はない）と言った。又母が（平熱より一度と一寸高いのですが）と言うと（大丈夫、大丈夫、赤貝やいか＝母の好きなもの＝を食っても大丈夫）

と言っているのもよく傍できいていた。母が何か冗談を言った父に、(あなたは、私を、おひゃらかして)と言うと(何を俺がおひゃらかすものか)と父は言った。又、これも日露戦争の時、父への手紙の中で母が何か怒った。すると返事が来て、(お前さんの怒った手紙は、怒った勢いで早く着いたよ)と書いて来た。

父は洒落《しゃらく》な人間でよく冗談を言ったが、母は大変な真面目人間で、その度に怒っていた。私は父を恋人のように好きだったので、いつも愉快そうに微笑《わら》っていて、冗談を言う父をいいと思い、いつも大真面目な顔をしていて、その顔で叱ってばかりいる母を嫌っていた。母は父が子供に甘すぎるので、これでは自分が叱らなくては子供が大変な我儘者になってしまうと思ったらしく、絶えず叱った。母は整った顔で、一寸こわいような美人だったので、私はよく、(お母さんはもしかすると、まま母ではないかしらん)と、ふと思うことがあった。妹にきいてみると、あたしもそう思ったと、言っていた。

私の育った時代には、少女の読む本というと、大てい継母の話で、(お葉《よう》の幼かった時、母は、ふとした風邪がもとになり、病の床につき、亡き人となった)というのが多くの物語のきまり文句だった。そのために私は或る日母が一寸熱を出して床についた時、母が死んで、恐ろしい継母がくることを恐れて、医者の言った通りに湯を沸して、湿布をし、時間時間に薬を上げ、又はそっと障子を開けて（何かたべたくはないですか）と訊いたりして、いたれり尽くせりに看病した。母は（まりちゃんがこんなに気がつくとは思わなかった）とおどろいたのである。ふだんは赤ちゃん同様で我儘なので、母はよほどおどろいたようだった。女学校一、二年の時のことである。それを母からきいて、父もおどろいたらしかった。幼い頃、父を見さえすれば膝に乗っていた私は、父には子供の時と同じように甘えていたからである。私は一途に、母が死ねば継母が来ると思って、それで一心不乱に看病したのである。医者（橋本監次郎という軍医）も、ふだんの私を知っているので、おどろいたらしかった。

当時の少女の読みものは私を大変な親孝行な娘にさせる力を持っていたがそれだけに又、あまり感心しないものだったわけである。全くその頃の少女用の読みものたるや困ったもので、オメカケの恐ろしさもよく書かれていた。そのために私は嫁ぐ先の舅にお妾があるときいて、一寸恐怖心を抱いた。しかも元芸者というのも恐ろしかった。舅の妾《しょう》のお芳さんは穏《おとな》しくて気のいい女《ひと》で、大きな丸髷を頭にのっけた、赤ちゃん奥さんを（奥様、奥様）と立ててくれた。

明治、大正の紳士が家へ入れる芸者というのは、料理、裁縫、掃除がうまく、お嬢さん上がりの奥さんなぞは足もとにも及ばなかった。芸者というのは酒を飲んでは役者と遊んでいる種類が大部分だったが、その中の堅気なのは大したものだったのである。お芳さんは料理屋のようなものを作った上に、舅の郷里の広島料理までマスターした。私は自分が男だったら芸者の中の堅気で穏しいのを貰うなあと、心に思ったものである。

お嬢さんというのは酒も飲まないし、男の人と遊びもしないが、料理も裁縫も、出来ないのが多い。中には何も出来ない上に酒を飲み、男友達をたくさん持つのもいるから要注意である。

私はというと酒も飲めない、男友達も出来ない、料理裁縫も、掃除も出来ない、ないない尽くしの奥さんであった。

宿題と父

小学校の時夏休みに宿題が山のように出たが或夏その中に、大豆を蒔《ま》いて、二学期までに収穫して来い、というのがあった。困って父に言うと父は庭に大豆を蒔き、九月一日の登校の朝、収穫した大豆を二つ、私の掌の上に載せてくれた。パッパはファウストのように、あらゆる学問が出来たらしいが、農夫の仕事も出来た。又墨で書く日記で私はよく字を間違えたが父のところへ持って行くと「よし、よし」と言い、薄い紙の、間違えた字の下に半紙を挟み、水を少しずつ滴らすと、細筆の軸の方で軽く、だが根気よく、コツ、コツ、と叩《たた》いた。憎らしい、私の間違えた字は次第に薄れて行って、ついには消え失《う》せた。紙の下に敷いた半紙の方へ移ってしまったのである。夏休みの間中、この父の、間違えた字を消す作業は、えいえいとして、続けられたのであった。

オックスフォード大学の女生徒

最近TVにオックスフォード大学が紹介されて、女の生徒達が楽しそうに話し合ったり、笑ったりしているのを見た。女の生徒達は皆柔《やさ》しげで又、賢《かしこ》そうであったが、彼女達は、一流の大学に学んでいる、エリィト学生である、というような、誇らし気な感じは少しもなくて、いつか女子大の運動場で友達と、ベンチに足を高々と組んで掛け、手を振り上げたりしながら議論をしているらしく見えた竹下景子より何気ない感じである。私は竹下景子に、一度オックスフォード大学へ行って、彼女たちを見たり、参観させて貰うことを勧めたいと、思った。私は竹下景子の、私の娘の時のような、未《ま》だ何も知らないのだが、どこかに予感を持っているような、大きな二つの目、高過ぎない鼻（横を向くと、一寸《ちよつと》高くなっている鼻柱に、彼女の勝気が見えるが）。そうして処女《おとめ》の持っている何かの予感が、表情の中にある顔が、私の娘の時を想い出させて、とても可哀くて好きだったが、その内にだんだん、そういう可憐さの中に、私には到底太刀打ち出来ぬような自信と勝気があるのを見て、一寸嫌いになったが、オックスフォードの女学生なら、へこまされるのではないか、というような不安なく、楽しく話をする事が出来そうな気がする。そうして私は彼女達に会って、オックスフォード大学の感じが好きになったこと、彼女達を尊敬する気分になったこと、彼女達とお友達になりたいことなぞを話したいような気がする。(通訳してくれる人が要るが)又、伯林《ベルリン》に行って、鷗外記念館の方にお目にかかり、父の思い出なぞをお話をし、又、父に代って、父の名が附けられた記念館を建てて下さったことへのお礼の言葉も述べたい。又父が、私が傍に行きさえすれば、読んでいた本も、書いていた原稿も脇へ除《の》け、葉巻の灰が落ちぬようにそっと机の上なぞにおいて、私を膝に乗せ、私の顔や髪なぞや性質について礼讃してくれたこと、私は父が礼讃してくれたような美しい子供ではなかったが、父の目には私が非常に美しく見える魔法の眼鏡がかかっていたこと、なぞを、お話したいと思う。前にも書いたが私は十年の間夫と暮したが、その間に四度しか、夫と私との間に、夫婦の交際《つきあ》いが無かった。それも花園(夫婦の愛情の)の低い扉を開けて一寸中に入っただけで出て来てしまったので、雑誌なぞに、森茉莉は人魚を食っているのではないか、なぞと書かれたこともあり、年齢より嫩《わか》く見えるので、記念館の方々は、父が大そう可哀がってくれた頃の、幼時の私を、お解りになって下さるだろう、なぞという気持があるのだ。一寸自慢のようで可笑《おか》しなことだが、伯林の鷗外記念館の方々が私をごらんになって、父が膝に乗せてはいろいろな褒め言葉をかけてくれたことを、信じて下さるのではないかと、そんな風に思うのである。妹の杏奴は、真章と一緒に行くことにした時、どうして私も誘ってくれなかったのだろう。パッパが、アンヌコのヌコヌコと呼んで愛した杏奴とマクシイと言って、可哀がった真章とが行ったのなら、パッパのマリマリも行きたかった。父は私だけを始終、膝の上にのせて、褒め言葉を言ってくれたが杏奴の時にはもう年が六十に近づいていたので、膝に乗せることは少し無理だったのだと思う。又、杏奴は丈夫で、私よりは重かったのだろうと思う。私は十五六からすごく丈夫になって、太《ふと》めになったが、幼い頃は腺病質な子供であったし、病気のし通し、入院と退院の繰り返しだったので、軽かったのだと、思う。弟の場合は、男の子だ、ということもあったと、思う。だが今度の真章の伯林行きに、杏奴が同行したのなら、私も誘ってくれれば、どんなに、うれしかったろうと、思う。

情緒教育

私はつい二日前テレヴィ局の、温かさも、親しみも、少しもない、（それは刑事部屋にそっくりな場所だということを、私はずっと前からよく知っていた。私が小説を書き始めてから、テレヴィ局では一年か二年に一度、私を呼んで十五分間、その小説について何かきき、答えさせたからだ）ガランとした（それは学校の、ふだん生徒も教師も入ることのない、子供の親と教師が面談するための部屋にもよく似ている）木造の部屋（木造ではあるけれども、映写の機械もあるし、大卓子《おおテエブル》のどこかや、椅子の足にもステンレスが光っていて、金属性の匂いも多分にある）に、止《や》むを得ず入場した。日本テレヴィのイレブンＰＭ（意味不明）という名の番組のために呼ばれたのである。白熱したという感じの、テレヴィ映写機の附属品に横上からパッと顔を照らされ、極度の恐怖（テレヴィ写りが悪い顔である上にふだんは全く気がつかずにいる猫《ねこ》背の婆さんくさい様子が今や、写し出されるのだ、という恐怖）で椅子につかまっている私に質問者は言ったのである。「もし子供が、男の子は何故《なぜ》立っていておしっこをするの？　ときいたらどう答えますか？　又、女の子がお嫁に行くと何故お腹《なか》が大きくなるの？　ときいたらなんと答えますか？」と。電話の打合せの時とは違う問いに虚を突かれ、私は仕方なく笑って「困ったなあ」と言い、弱い、ぐにゃぐにゃの動物のような精神状態に陥ったが、忽《たちま》ち今度は私の精神のもう一つの方が前面に出て来るのを、感じた。私は（何を！）と思い、同時に、（世間の人がこれは偉いのか、と感じるような位置づけを、文学の世界に持ってはいなくても、一応、小説家とされているのだ。小説を書く人間の答えを立派にしなくてはならない）と、思った。私は小説の書き出しが急に出て来た時の感じで、しゃべり出したのだが、自分でも愕《おどろ》いた程、すらすらと、あとからあとから言葉が出て来た。要するに私は、こんなことを答えたのだ。（私は子供がきかない前から答えを考えておいて、父親と母親との体のちがいと、赤ん坊が生れてくる経路を簡単に、はっきり答える。目を外らさないで、後暗い感じを絶対に見せないで答える。今の子供ならその方がいい。そういう説明をきれいに表現するのは私は得意だから。たとえば、赤ちゃんになる小さな卵がパパから流れて行って、ママの中にあった卵と一つになって、という風に）と、答えた。又、私の息子が質問したらどう答えたか？　という問いには、（私と息子の場合は大正の初期である。だからそんなことを言ったら子供はびっくり仰天してしまう。今言った説明は現代の子供向けの答えである）と、答えた。そうして私は附け加えた。その説明をする時、私はばかな母親だけれども、ばかな母親はばかな母親なりに、自分の人格に自信を持って、母親の愛情に自信を持って、偉大な医者とか科学者になったつもりになって答える。と。次の質問は、私の父親に、私がそういう質問をしたか？　というのである。私はひどい晩稲《おくて》で、そういう疑問を持たなかった。けれども父親の膝《ひざ》の上にいつも乗っていて、父親が膝を軽くゆすり、背中を撫《な》でていた。その時私は、父親という大きな樹の下に包まれている、という安心感だけではなくて、素晴しい情緒を感じていた。父親の樹は枝が拡くひろがっていて柔《やさ》しく私を包んでいたが、その枝には細いこまかな葉と白くて小さな、香《にお》いのいい花が一杯についていて、微《かす》かな風にさやさやとゆれ動いていた。それで私は父親のいない時には庭の、金竜辺という灌木《かんぼく》の下に、母の胎内に入るようにして、小さな体をそっくり入りこませて、父の膝の代りにしていた。何故なら、その木には鈴蘭《すずらん》のような白い、小さな花が細い茎のさきについて、短い雨のように上から下がっていて、父親のようだったからである。父親はそうしようと思ってしたのではないが、彼が情緒が一杯の人間だったから、そうなったのである。そういう風で私は sex の教育はうけなかったけれども、なんとなく情緒の教育をうけたと、思っている。私はテレヴィ局では言い落したが、出来れば情緒の教育の方で育てた方がいいと思っている。sex の方は教えなくてもなんとなく自然に、わかってくるものだと思う。大体、子供はそういう質問をする時、深い探究心できいているのではない場合が殆んどなので、ことに、男の子は何故立っていておしっこをするの？という問いの方なぞは、男の子は立っていてする方がいいように体の格好が出来ているからだ、という答えでいいのである。私もテレヴィ局の人に始めそう答えたのだが、別のことを答えさせるための質問であったことがわかったので止むを得なかった。現代では、知っていてきく子供もないとはいえないと思うが、私の生んだ子供なら、そんなガキではない筈である。私はその話のあと、先代の左団次と松蔦の恋愛場面（綺堂《きどう》作の芝居の）から十六の時に受けた、素晴しい情緒教育にまで脱線して、意気揚々と、テレヴィ局の電気椅子を下りた。

女が誰かを好きになったら

この頃感じたことだが、女の人にとって誰かを好きになるということは、子供の時のことを想い出すことらしいのである。子供の時のことを想い出すというより、子供の頃に還ってしまうのである。それはつまりは、情緒的なことの方へ心持が引っぱられて行くということだ。だから人によっていろいろになるのだろうが、たとえば海を想い出すとか星を想い出すとか、(詩的な人間とか、詩的だということが素敵なことだ、と思いこんでいる人間の場合は、海とか星とかいうことに情緒は向って行くのだろう) ただ、今私は自分のことにして考えているので、情緒というと、子供の頃に還って行くのである。現在では、はるか遠い、薄暗い中に見えている、甘い世界に還って行くのである。

また、誰かを好きになるということは寂しさを覚えることでもあるらしい。そこで、私の心が情緒的になって行く時、寂しさがそこにあった、というか、寂しさを知っていた子供の頃に還って行くのらしいのだ。成長してからの私の心は乾いている、というか、甘い情緒がないというか、寂しいなんていうことが少しもなかった。ということは、誰かを好きになる、というようなことがなかったかららしい。成長してから現在までの間に二度、(その度に六年位ずつ)心の中だけで好きになったことはなったが、ほんとうに好きになったのかどうかというと、そうではなくて、相手が自分の息子だったり、夫だった人の友だちだったりして、それに、息子と二人で不思議な楽しさを感じた時にも、夫だった人の友だちに関心があった場合も、どこかに(悪)があった。つまり、好きになったといっても、しみじみした心ではなくて、ただ面白かったのである。夫の友だちの時にはその人間がすごい悪魔だったので、私は、自分の情緒のもとである子供の頃の世界の中に還って行くどころか、背のびをして、自分も悪魔の仲間になっていた感じだったし、(そのくせ弱くて、とうとう仲間になれなかったが)、息子の時にも、息子の中にも、自分の中にも、悪魔がいたのである。そういう場合はどうも、本《ほん》ものではない。(悪魔的なこととしては本ものだが、それはやっぱり人間が魂のほんとうのある場所に還って、その場所におちつく、というのとはちがうような気がする)

　ところで寂しさを覚えて、また子供の頃に還元してしまうと、自分の中に鮮明に残っている幼時の想い出を、恋人に話したいという心が、切《せつ》なく起ってくる。たとえば私を例にとって言えば、幼い時、重い病気をした時のことをいろいろ話すだろう。その病気がよくなって、水薬がまだ枕元においてあるような日々に、私がどんな顔色をして、どんな普段着を着て、どんな部屋にいたか、昼間寝ている私の枕元にはどんな枕屏風があったか、また、その時、硝子戸の向うに滲《にじ》んで見えていた、薄曇った春の空とか、その空に溶け入っているような庭の樹のことなんかを話すだろう。医者が注射をした痕の少し痛い夕暮れのこと、山吹の、夏蜜柑の粒々《つぶつぶ》のような花片《はなびら》を玩具のバケツに入れたりしながら、幾間《いくま》も距《はな》れた二階で歌会をしている父親が様子を見に来てくれないので胸を切《せつ》なくしていると、やがて父が来て、生温かな掌を額にあてて熱をみる。父の胸の白銀色の釦を間近《まぢか》にみ、葉巻の香《にお》いをかぐと、寂しさがどこかへ行ってしまったこと、黒い木綿の靴下をはいた自分の足が、畳の上をのろのろ走っていた時の、小さな、狭い、足の裏の感覚が、現在でもはっきり足にのこっていること、風邪をひいて、盥のお湯で体を洗って貰っている時、父親が来て微笑《わら》って見ていると、理由はなく、何故ともわからぬのに羞《はず》かしく感じたこと、そんなことも話すだろう。それを毎夜続けて話すだろうし、そうしてそれを話す時、私は全く子供の目になって、また、涙を溜めて話すだろう。

また、空想が雲のごとくに湧き起ってくるのも、誰かを好きになった時の状態の一つらしい。これも私の場合だとしてみると、(もっとも私の場合は、ふだんでも空想で一杯の空想人間だが、それがもっと大変になるのである) 恋人と向き合ってたべる御飯茶碗や、箸、なぞが空想の中で見えてくる。茶碗をとったり、置いたりする恋人の掌が見える。(今、自分のことだとして考えて書いているので、対象がないので顔は出てこないのである) 硝子戸に映る庭の木、青木の赤い実、そんなものもいろいろ、限りなく出て来て尽きることがないだろう。大体、こんなことが起るのが、女の人が誰かを好きになった時の現象であると思う。

私は今までに、こういうような状態になったことが、一度もなかった。また、これから後、こういうことが起る筈のない年齢なのである。おせんべ屋のおばあさんのようなエディット・ピアフでも恋愛をしてあやしまれない巴里は別だとしても。昔結婚をした時にも、こんな状態は少しも起らなかった、ということは、最初の間は夫を好きだ好きだと、自分では思っていたが、好きではなかった、ということらしい。満十五歳の時、見合いをして、その時、青くて細長い顔を、『虞美人草』の甲野さんのようだと思って結婚したのにすぎないからだ。ほんとうは左団次(先代)の菊地半九郎のような人が好きだったのだが、甲野でもまあいいと思ったのである。左団次といえば、私が、ほんとうの恋愛というものについてする空想は先代左団次の「鳥辺山心中」の菊地半九郎と、市川松蔦《しょうちょう》のお染との恋愛に、ほんとうによく似ている。(半九郎は武骨で優雅な武士、お染は十八で、廓に身を沈めた最初の夜に廊下で泣いている所に半九郎が通りかかって事情を聴き、自分の部屋に揚げ詰めにし、その内、恋人同士になるのである) 松蔦のお染は毎夜半九郎に、そんな話をしそうにみえた。(私は生れてから現在までに数え切れない程、映画や芝居の恋愛を見たが、そういう雰囲気の場面は「鳥辺山心中」の舞台でしか見たことがない) 私はお染の年の時にも、それから後も、ほんとうの恋人が現われなかったので、未だに恋人というものに対して、今書いたような稚い夢と空想を抱いているが、おかしいのも通り越した感じである。昔の文章で書くと《笑止というもおろかなる次第なれ》である。

第三章　パッパ……

黒いマントオの父と、白い毛皮の、小さなマントオの私とはいつも連れ立って、帝劇、有楽座、なぞの階段を上がった。

父の帽子

小さな怒り

私の父は頭が大きかったので、普通の人の帽子を見馴れた眼で父の帽子を見ると平たく、横に大きい感じがして独特で、あった。私は父についてよく帽子屋に入った。番頭が出して来る帽子はどれも父の頭には小さかった。「もう少し上等の分《ぶん》を見せてくれ」と父が言った。「上等の分」という言葉は番頭には直ぐには分らなかったが、意味が解ると、番頭の顔には薄ら笑いが浮ぶのであった。奥から出して来る帽子も、父の頭には嵌らなかった。番頭達は人並外れて大きな頭の人を、笑いを耐《こら》えたような顔で、眺めた。灰色の単衣を着て、薄茶の献上を下手《へた》に結び、太いステッキをついている父はカイゼル皇帝が浴衣《ゆかた》を着たというようで、奇妙であったし、態度や言葉もふつうの人と少し違っているので、彼等にはどんな人なのか全く解らなかった。それで彼等は田舎から出て来たお爺さんだろうと定めてしまうらしかった。父はそういう番頭達に対していつも深く腹を立てていた。そうしてその怒りは母なぞが不思議に思う程ひどかった。（父は普通、人がどうでもいいと思うような小さな事に、深く腹を立てる人であった。相手は電車の車掌、精養軒のボオイ、車夫、店員なぞで、父が怒るのは彼等が父を田舎のお爺さんのように扱う時、又は料理の名を英語で言って解るまいという顔をする時なぞで、あった。父は直ぐに正しい英語で命じ直したり、又或時には、目的地に着かないのに俥《くるま》を下りて歩いたりした。）

そういう風にして何軒も帽子屋を廻って歩いて、父は自分の帽子を見つけるのであった。

私は今でも、その平たくて横に大きい父の帽子が眼に浮んで来て、懐しくてならない時がある。父が死んだあとで一度、私は父の帽子に会ったような気がしたことがあった。夫の友達の一人に父のような所のある人があり、その人の頭は父位大きいので、脱いで置いてある帽子を見ると、私はその帽子に父を感じた。鉄色に同じリボンの帽子、であった。（その人は私と息子との共通の、尊敬する人物の一人である。）その帽子を見てからあと、私は父の帽子に会っていない。

大きな怒り

私は幼い時からそばにいて父を見ていて、私には父が、学問や芸術に対して、山の頂《いただき》を極める人のような、きれいな熱情を持っていた人のように、見えた。私は時々父に解らない字や、仮名遣いをきいたが、そういう時私はいつもは大好きな父が、いくらか嫌いになるのであった。それは父の字や仮名遣いにたいする、異様に烈しい心が感じられて、それがうるさく思われたからで、あった。私に教えて呉れようとしている優しいようすの中にも、父のまるで怒ってでもいるような烈しい心がひそめられていて、それが私にうるさい感じをあたえたので、あった。父は眼に見えない「嘘字」や「仮名遣いの間違い」という敵に向って怒っていて、それが幼い私にも伝わるので、あった。「パッパ、もういいわ」そう言って私が本を持って行こうとすると、父は、「まあ、待て、待て、」と言って止《と》めるので、あった。そんな時の記憶が父の想い出の中に混って、私の頭に強く残っていたのだろう。十七になって夫と欧羅巴《ヨーロッパ》を歩いた時、私はいろいろな場所で「父の心」に会ったように、思った。シルレル、ゲエテ、ストリンドベルヒ、なぞの字が鈍い金色に光っている、伯林《ベルリン》の本屋の薄闇の中に立っているような時、そんな時なぞに私は「父の心」が其処にいるように、思った。私は父の、もっと極《きわ》めたくて極められずに死んだ、学問への「心」が、暗い本棚のあたりに漂っているのを感じ、稚《おさな》い頭の中で、父の一生を考えてみるのだった。烈しくて、さかんな、そのために寂しかった父の一生を、私は想ってみるので、あった。ミユンヘンの町で、家にあった花と同じな花を見たり（父は独逸《ドイツ》から花の種を持って帰って家の庭に植えていた。）町の角で、父によく似た独逸人を見たりする時、父の懐しさは花の匂いのように私の心をかすめたが、私がひどく切《せつ》なくなるのはそういう、父の心に会ったような気がする時で、あった。

私は、帽子を買う時の父のような、つまらない事に怒る父が大好きであるのと同じように、私に仮名遣いを教えた時のようにして、議論をしたり、反駁する文章を書いたりした、怒っているような父を、いつからかひどく好きになって来ている。森の中で、たてがみを立てて咆哮する一匹の獅子が私の眼には見えていて、父の肖《しや》像《しん》の眼の中にその獅子がいるのを見る時、私はどれだけ父を好きだか知れない自分を意識するのがいつものことで、あった。

「パッパ」と

私は子供の時、「パッパ」という親しい、愛してくれる人間を持っていた。なんだか偉《おお》きな人間に、見えた。私と話していない時は、何か素適なことを考えているようだった。それは悪いことではなく、ひどく善良なことらしく、思われた。

地面に蹲んで小石を拾っていて、ふと顔を上げると、少し離れたベンチにいる彼は黙って微笑を浮べ、二、三度肯くようにした。砂糖のないチョコレエトのような苦みのある微笑である。

それが「傍《そば》へこい」という合図である。男からあゝいう表情で、「傍《そば》へこい」という合図をされたら、どんなだろう。その経験があると思う人は手を挙げて下さい。多分そういう女は世界で三人とはいないだろう。ブリアリ（フランスの役者）のような男から微笑の合図をうけた女も数える程だろうし、彼女たちは手を挙げるのも懶いという顔をして、片眼を瞶ってみせるだろう。ブリアリの真似は「パッパ」には出来ないが、「パッパ」の微笑は或点でブリアリ以上である。

独逸の宮廷や、街の珈琲店（コウフィイ店である）で、変愛三昧《リイベライ》の黒の衣《きもの》の奥さんのような貴婦人や、きれいな街娼（舞姫である）の間で鍛えた色男でもある。軽く結んでいると、真中辺に一つうねりのある唇にはハヴァナ（ハバナではない。それではそそっかしい人間はバナナと間違える。ヴァ、ヴィ、ヴ、ヴェ、ヴォの音を禁じた人々に呪いあれ。）の葉巻の香《におい》いがし、飯をくい、酒を飲むためにだけある唇ではなく、優美な微笑と、奇麗な舞姫との接吻とのためにある唇である。

「パッパ」は夏になると、真白な縮みの、軍服の下着を着、その襯衣の袖口と足首には同じ縮みの細い紐がついていて、淡黄の美しい手と、足とがシャヴァンヌの画のようだった。長年役所でも、家でも軍服を着ていたので、襯衣の首までは陽に灼けていて浅黒く、独逸の軍医のようなその髭の剃りあとの青い顔は、ほれぐ〵した。伯林の貴婦人や舞姫の他では、私がその膝の上に乗り、バランソワアルのように揺って貰う特権を持っていたということは、何という素晴しさであったろう。白い縮みの洋袴《ズボン》の膝は、体温の低い、生温い膝だった。朝と夕方とに、競馬石鹼と微温湯とで清潔にしている膝である。醜く太ってもいない。痩せて骨のようでもない。

私がまず背中に飛びつき、「パッパ」の上半身が前へかしぐ。彼は持っていた葉巻、或はしんかき、（細い燕脂色の筆である。神田の三省堂の近くの筆屋には今もある。）或は独逸の小説を傍において、私を膝にのせる。左の腕が柔かに背中を抱き、片方の手が軽く腰を抑える。「パッパ」は肯くようにして微笑い、片手で私の背中をたたき、膝を揺籃《ようらん》のようにゆする。

「お茉莉は上等よ」

「パッパ」は言う。私は一つの大きな幸福の中に揺《ゆす》られていた。父の体は大きな樹であった。肯き、微笑する顔は、細《こま》かな千も万もの葉をつけた葉むれである。細かな葉の間々には白い小さな花がついている。その花はいい香《にお》いがする。黄金色《きんいろ》の果実が実っているようでもある。白い花々の蜜か、黄金色《きんいろ》の果実の汁だろうか、たとえようのない甘やかに柔しい蜜が、揺れ動く膝の音楽と一しょに、滴ってくる。私の小さな唇は、その蜜を、上を向いて、呑み下《くだ》した。

その父と私とがいる部屋は、日本家屋である。源氏物語以来の日本の、四季の季節の雨や風、花の香《にお》い、土の香《にお》いが、私たちの体にじかに伝わってくる、庭の土とじかに接している日本家屋である。夏の父の部屋の六畳は青い風にみちていた。時々烈しい雨が降る。烈しい雨は石をうち、苔をうち、花畑は深い池になる。小さな珈琲茶碗のような水の泡が、風の吹く方へ、池の上をゆっくりと動いて、流れる。ザアッ、ザアッと音がして雨と風とがひどくなり、白い雨の林が庭の空間を埋め、花畑の硝子戸を横なぐりに打つ。うす黄色い、暈《ぼんや》りとした電燈が点く。

「パッパ」の膝は生温く、彼の首の辺りからは、酒精のような、清潔な匂いがする。だが電燈が点くと、幼い私の心は、最愛の人間の膝を離れて、夕飯のおかずへの憧れに傾き出したのは、止むをえない現象で、あった。私が父の膝を離れて、廊下を走り、台所へ偵察に行くことで、奇麗なセェヌ・ダムウルは終るのである。「パッパ」は再び、葉巻をとり上げ、独逸の小説を読みはじめる。

＊　＊

（若い娘の部屋に造花はいけない。これからは俺が……）

そう言ってフリッツは黙った。

クリスチイネ

（お気になさらなくてもいいのですわ。永遠に愛して下さらなくてもいいのです。ほんの短い間だけでも）

――――

クリスチイネ

（あの私に書いて残して下さった紙切れもないのですか。それでは、私はフリッツさんにとってなんだったのでしょう）

ワイニンゲル、無言。テオドルも、ミイチイ、無言。

（フリッツさんの埋められた場所なら、私にはわかりましょう）

クリスチイネ、走り去る。

ワイニンゲル

（あれはもう帰ってはこないのだな）

＊　＊

「パッパ」はこんな言葉に置きかえながら、（恋愛三昧《リイベライ》）を読んでいる。

冬の神田の町である。「パッパ」は黒い、柔かな、長い釣鐘マント（マントオである）を着て、私を伴れて「中西書店」へ入って行く。長い、大きな外套を裾長に着た「パッパ」の姿を、小僧の眼が追っている。大きな外套の下に書物を隠して逃げはしないか（すまいか、である）と、思うのである。書物泥棒と思われた「パッパ」にくっついて、小さな私は「竹久夢二」の絵本を探す。

（しまさん、こんさん、なかのりさん。さむかろうときせまする。このまあつもるゆきわいの）

＊　＊

＊　＊

二人は「神田川」に上る。障子の閉った二階は燈が点っている。献立板を持って出た女中は、マントを脱いだ「パッパ」の変った様子に眼をそばだてる。「パッパ」は真面目である。「おい姐さん」と言わないまでも、そういう店での男の、くだけた態度《ようす》がない。

十二月の或日、黒い外套の「パッパ」と、白い外套に、橄欖色《オリイヴ》の細い毛皮で縁どった白のフェルトの帽子の私とは有楽座の階段を登る。長い外套の下から供へつけの麻裏草履をはいた黒い足袋の足と、裾長につけた薄茶の仙台平の袴が見え、袴が微かに鳴る。私は「パッパ」の袴の微かな音を耳に入れ、うれしさと懐しさとで小さい、狭い胸を一杯にして、廊下を歩く。

幕が開く。「ジョン・ガブリエル・ボルクマン」の舞台である。白い雪の中に、ボルクマンの黒い姿が固く、動かずに、横わる。ボルクマン夫人の痩せた、枯れた、黒い姿と、エルラの、これも黒い姿とがその傍に立っている。

中の方に何ものかを隠した会話が際限なく続き、重い、引摺るような靴の音がそれに混っていた。恐ろしい芝居は終った。

どうして、あの人たちの様子は重苦しかったのだろう？　何故、ボルクマンは、一人で家を出て行って、道の上にうずくまって、動かなくなったのだろう？

私は恐ろしく重い、幻を胸に抱《だ》いて、再び黒い外套の父と劇場を出る。

暗い、電燈の少ない、明治四十二年の銀座である。長い、きれいな柳の枝が葉をなくして、風にゆれ、よれるようにもつれあっている銀座である。

風が地になった。冷たい風が「パッパ」と私とに吹きつける。

「パッパ」と私の姿は、博文館やメゾン鴻の巣、資生堂、天金などのある街を歩き、小さく奥へ長い店に入る。

「カフェ・パウリスタ」である。

有楽座の三階を、互いの体をくっつけ、肩を押しあって、埋めていた、紺絣や大学の制服の、これも黒い外套の青年たちがこゝにも集まって、いた。彼らは黒い、精悍な蜂のように、白い卓子の周囲に群っていた。

明治の、新しい芝居の黎明に酔って、精神の昂揚した若者たちは「鷗外」という西洋好きな男の投げる西欧の戯曲の花束に酔っていた。

「パッパ」の家にくる客には若ものは少ない。私はバサバサと翅をすり合わせ、白い卓子に群る黒い蜂の群に目を奪われ、珈琲茶碗の熱さに驚いて、手を放した。煮えた珈琲が胸から膝にもろにかかる。「パッパ」は私を伴れてボオイのいる所に立って行き、ナフキンを絞って貰って私の外套を拭く。

「お母ちゃんにおこられるな」

「パッパ」が私の顔を覗くようにして微笑《わら》う。共通な秘密を持ち合う人のような、楽しいことを打明かすような、微笑《わら》いである。

こんな微笑いかたを、男からされたらどうだろう。鋭い眼が柔かく崩れ、千も万もの表情が中にひそんでいる。

「今度は冷まして飲もう」

「パッパ」は新しい珈琲を誂え、私と卓子に戻った。

「パッパ」の胸の中に、若い波が立っている。

明治の、新劇の黎明期で、東京中の智識階級の人間の殆ど全部が、有楽座の「ジョン・ガブリエル・ボルクマン」に集まった。若い夜である。昂奮は劇場から珈琲店にそのま、移っている。昂奮の波は、すべての人たちの胸に波を立てたが、中にも、青年たちの昂揚状態は嫩く、勁く、生々しい木のように、さかんである。

彼らは「鷗外」がそこにいるのを知らずに、「鷗外」を取り巻いて笑い、顔を仰向けて、哄笑した。

当時の若ものの中の一人に、木下杢太郎がいた。嫩くて、昂奮に紅くなった彼の顔は、親切で柔しい赤鬼のようである。「パッパ」のそれよりも、幾らか大きな、幾らか猛々しさの分子の多い三角形の眼が、「パッパ」の顔を視つめ、そうして羞しげに、微笑った。

(明治の青年たちに栄光あれ。彼らの魂と、笑いとはいつまでも、私の胸の中に生きている。)

ボルクマンを演じた先代の市川左団次、エルラになった市川松蔦、グンヒルドに扮した、青年時代の市川猿之助、彼らもその青年たちの仲間だった。チェックの背広にカスケットを被った小山内薫は青白い、細長い指に紙巻を挟み、新劇の小屋を建てる夢を、育てていた。愚かな戦争の犠牲になって、ウースン・クリイクで死んだ友田恭助は、まだ小さい子供で、日本橋の大きな商店の暗い格子戸の中に、いた。

なんでもが不思議でならない幼女の眼を持った私は、その眼をぼんやりと開《あ》き、時には光らせ、帝国劇場や、有楽座なぞの椅子の上にゴム靴の足を宙に浮かせ、眼の前にくり拡げられる暗い舞台に、視入った。

必ず恐ろしいことの起る暗い舞台は、強い魅力を持って私を放そうとしない幻で、あった。私の幼い二つの眼は、明治の青年たちと一しょに燃え、私の固い、狭い胸は、彼らの厚い、たくましい胸と一しょに、波立った。

＊　＊

舞台は明るい。伯爵は楽しげに舞台を歩き廻っている。

（葡萄酒の泡がたつ、エルガアが笑う。これ以上の楽しいことは私は希みませぬ。母上）

（そのような神を懼れぬことは言わぬものじゃ）

そこへ乳母に抱かれた幼い娘が登場して、手に持っていた黄金《きん》の写真入れをとり落す。それを拾って中を見た伯爵の顔は、一瞬に、暗くなった。

何故だろう？　何が、あの柔しげな伯爵を苦しめたのだろう？

美しい寝室である。エルガアが鏡に向って化粧をしている。小間使のドルトカとエルガアとの会話の中には、何かがある。

嫩い、青い絹の衣《きもの》の青年が入ってくる。

「何故俺と一しょに逃げないのだ」

「何を詰らぬ、いつも同じことばかり」

あの青い絹の衣の男は何だろう。ドルトカと、青年と、エルガアとの三人は三人に共通した何かの秘密を、持っている。


恐ろしい望楼の上の部屋の中だ。チモスカ爺と、二人の武士とが楯と剣とを持って立っている。

あの紅い垂絹の中はなんだろう。垂絹の端から出ているのは青年の脚だ。

エルガアが伯爵の腕をふり切って垂絹の中に身を投げかけた。

(そばへよって下さるな)

(エルガア……)

伯爵は青年を殺したのだ。エルガアも楯の下で死んだ。伯爵は勝ったのだ。

それなのに、伯爵は哀しみに沈んでいる。

何故だろう?

＊　＊

暗い人力車の母衣《ほろ》の中の、油紙の匂いのする闇の中で、私は「僧房夢」の、暗い幻におそわれ、いつまでも眼を開いていたが、やがて目蓋が重くなり、眠りの中に落ちて行った。

「パッパ」の葉巻の香《にお》いのする外套の胸の上に頭をおしつけ、その葉巻の香《にお》いの中に、柔しい、なぐさめを、おぼえながら。

「飛行機」と女優志願

父の訳した「飛行機」という戯曲がある。腕のいい飛行機造りの技師の妻君が、精神病院に入っていたが、幾分快《い》いので十日程家庭で暮す許可を得て帰る。だが技師には情婦《おんな》が出来ていた。元から居た家政婦である。妻君は茶の間の長椅子に寝なくてはならぬ。その上技師と情婦《おんな》との間に出来た娘ヱジトがいた。しかも技師が製作中の新しい飛行機には情婦の名が付けられていた。当然妻君の病は悪化する。妻君は自分の娘のエンミーに、作業場に忍び入って、新しい飛行機を壊わせと命じる。エンミーは父親をも愛している。だが母親の頼みだ。彼女は母親の希《のぞ》み通り忍び入って、新しい飛行機を壊す。その飛行機を見に隣町《となりまち》からも町長、助役が来、此方《こっち》の町長以下も列席してその新機と技士とが栄光を浴びる日は五日の後に逼《せま》っていた。絶望の技士の処《ところ》へその弟が来ているが二人は妻君がヱジトをどうかしはせぬかと案じて、姉妹の寝室のある中二階の下へ来るが、悲劇は既に終っていた。寝室の扉が開いてエンミーがよろめいて出て来て欄干《てすり》に倒れかかる。白い寝衣の胸は真紅《あか》い薔薇《ばら》の花束のような血に染まっている。エンミーは既う《も》誰の目にも、絶望である。(ヱジトは?)。技師と弟とが同時に声を上げる。弟が階段を馳《か》け上がってヱジトを抱えて降りて来る。裸にして見るが怪我はない。何故ヱジトが無事だったか? この最後の場面の前に、こういう場面がある。姉妹が欄干《てすり》に摑《つか》まって階下を見下ろしていると妻君が庖丁《ナイフ》を持ってうろうろしている。ヱジトが言う。(おば様は何をしているの?)(麵麭《パン》を切るのでしょう?)とエンミーが答える。その夜エンミーは母親の企《たく》らみを知ってヱジトにこう言った。(私《あたし》の寝台《ベッド》は月の光が差して、明るくて睡《ねむ》れないの。ヱジトちゃん替わって頂戴ね)と。そうして二人は寝台《ベッド》を変わるのである。狂気で姉と妹との見分けもつかぬ妻君は束も通れと、ヱジトの寝台《ベッド》に寝ているエンミーの胸を、突き通したのだ。私がその劇を見た日は父母、兄於菟《おと》と四人だったが、ヱジトが裸になったのを見て兄が、(杏奴《あんぬ》のようですね)と、笑って言った。私の年はエンミーより小さかったが杏奴はヱジトと同じ位で又、顔も様子も、ヱジトに扮《な》った子役は杏奴に似ていた。大体その頃の独逸《ドイツ》、瑞典《スエーデン》、諾威《ノールウエイ》の劇《ドラマ》はどれもこれも、恐ろしい劇《ドラマ》だったが、この「飛行機」という芝居は私に強い衝撃を、与えた。第一幕では叔父がピアノを弾いてエンミーが歌うところがある。歌詞は忘れたが、歌い出しが、（いもうとよ、いもうとよ）というのだけは節も覚えている。エンミーに扮《な》った女優は、酒井米子だったような気がする。柔《やさ》しくて淋《さび》しい顔だった。この劇の中で最も衝撃的だったのは妻君が（寝室の鍵《かぎ》はどこにあるのです）と言って、逼るように女に近寄って行くと女が、白いレエスのブラウスの、厚く、張った胸を指し示して、（鍵はこゝに持っています）と言い放った、憎々しい様子である。私は子供の頃から、歌舞伎なぞの芝居にも連れられて行ったが、父と一緒に見た独逸、瑞典、諾威なぞの劇には、強い印象を受けた。私は大きな長い、黒いマントオ（独逸の発音らしく父はマントと言わずに、マントオと言っていた）の父と、白い毛皮の、小さなマントオの私とはいつも連れ立って、帝劇、有楽座、なぞの階段を上がった。父の訳した西洋の劇に行く時には、何かの恐ろしいことが起るのだ、ということを知っていたので、階下の席に着くともう私は、舞台の上で、何か恐ろしいことが起るのを予感していた。それで場内の燈火が消え、舞台だけが鈍く明るい、橙《だいだい》色の光の中に浮び上がると、体を固くした。そうして劇が始まると一心不乱になって、目瞬きもせずに、舞台に見入った。そうして、どの役者のどの白《せりふ》から、どの科《しぐさ》から恐ろしいことが起るだろうと、注意力を集中した。この「飛行機」は、第一幕で、部屋に入って来た妻君の、よろめくような歩き方、瞳《ひとみ》の落ちつかない、異様な様子を見て私は、それが既《も》う、恐ろしい劇の発端であることを、感じていた。そうして、父の訳した西洋の芝居が、いつもそうであることを知っているので、劇が進むのにつれて、すべての役者の目付き、仕科《しぐさ》を見詰めていた。この「飛行機」はそんな風で、始めから恐ろしかったが、最も私の小さな胸をドキリとさせた白《せりふ》は今も書いた、妻君と家政婦との会話である。夏は膝《ひざ》までの、レエスの洋服に、顎《あご》に嵌《は》めるようになった護謨紐《ゴムひも》の付いた麦藁帽子、冬は厚着をした上に白いマントオを着た私は、横止めの、小さな護謨靴の足で、おぼつかなげに、父の大きな手の指を、小さな自分の手の指で確《しっか》りと、摑むようにして、帝国劇場や、有楽座の階段を上がった。前に、私の臆病な性質が、幼い時、病勝《やまいが》ちで、大抵の日仰向きに寝ていて、天井の木目《もくめ》(それらは恐ろしい魔女や、杖《つえ》を持った恐ろしい老人に、見えたのである)を見て暮らしていた故《せい》だろうと、書いたがこの、独逸や瑞典、諾威の、恐ろしい舞台の前に、三月《みつき》に一度位は、座らせられたことも、原因になっているような気がしている。「マクベス」なぞも大変で、重臣のマクベスが妻君に唆《そその》かされて王を殺す。その妻君が、自分の遣《や》ったことの恐ろしさに発狂して、何度も、何度も、自分の手を洗う。洗っても、洗っても、自分の手の血が消えぬのである。両手を見ては、(血が、まだ血が、)と言う、マクベス夫人の様子は、幼い私にとってどんなに、恐ろしかったか、知れない。私は生来《うまれつき》、臆病なのかも知れないが確かに、そういう、十八世紀の頃の独逸や瑞典、諾威の、大人でも無気味に感じるような場面を、暗い橙色の照明の中でいつも見ていたことも、原因になっていると思う。天井の木目と、訳劇の、暗い明《あか》りの中の恐ろしさとが、私を臆病な人間にした原因のようだ。現在《いま》でも、寝付きがよくないところへ、書く仕事で夜起きているので、テレビの深夜放送が終って、時計が四時四五十分になるまでの長さといったらない。窓硝子《ガラス》が暁《あかつき》の明りで、薄い水色になるまでの、時間を私は、祈るような心で、待つのである。この「飛行機」という劇は、恐ろしいものを潜めているがその恐ろしい分子の他にエンミーと、ヱジトとの柔《やさ》しさ、哀れさが、恐ろしい樹に絡んでいる蔓草のように、絡んでいて、いい劇である。私はこの劇を見てエンミーに憧《あこが》れ、ふと、女優になりたいと、思った。だが現在《いま》でも、五六人の人が私の顔を見ているところで話をすることさえ、照れてしまって、出来ないのである。小さな劇場でも、何万人かの観客の顔が此方《こっち》へ視線を向けている。どうして私にその大勢の人々の前で、演技をすることが出来よう。

旅

私は昔、不思議な経験をしたことがある。昭和の初めごろだったが歌舞伎座で「弥次喜多」の芝居をみたのだが、弥次喜多の二人の旅が江戸を出て、品川、真浦、沼津と過ぎて、どこだったかの宿屋の風呂へはいる場面になった。

芝居は「弥次喜多」道中であるから、むろん明るい喜劇である。どこかの小さな宿屋の風呂場も、歌舞伎座の、昼より明るい電灯に皎々《こうこう》と照らし出されていた。それなのに、私は空想の中で、山の中の旅籠屋《はたごや》の、暗い湯殿を想《おも》い浮かべた。

風呂場は棚にはだかろうそくがあるきりで、窓のすきまからはいる風でゆらゆらしているかもしれない。秋なら湯の音にまじって、こおろぎの音《ね》が聞こえるかもしれない。そういう情景を空想したのである。そういう芝居の科白《せりふ》は大体はわかり易い、私たちが聞きなれた江戸弁にしてあったが、時々、「そうだの」とか「いかっし」とか、

「まきだしやがったの」とかいうような、十返舎一九時代の古いことばを使っていたのも、ますます私を空想の江戸時代の旅につれて行った。

映画で江戸時代の旅籠屋が出てきても、私がこれこそ江戸の昔の沼津とか、桑名その宿屋だなと思うようなのは少ない。私の育った家の湯殿が木も古くて、板を並べた窓があり、子どものころなんかは薪《まき》でたいていたし、その板を並べた窓から、フワフワと舞い落ちる雪が白くぼけた影のように見えたり、秋の雨は紅葉の小説の挿し絵のように、斜めに光って見えたりした。

そういう湯殿をおぼえているので、いっそう空想も浮かびやすかったのかもしれない。道中の護摩《ごま》の灰《はい》や追い剝《は》ぎもいやだし、わらじで足にまめができるのも困るが、昔のそういう情緒というものは、たしかにすばらしいにちがいない。

私は十八のとき欧州旅行をして、フランスからイギリス、イタリー、スペインというふうに歩いて回ったことがあって、大きな都会でなく、ずいぶん普通の旅行者は行かないような小さな町にも泊ったが、西欧の国々では田舎《いなか》には田舎の特色のあるホテルがあって、十八、九世紀のフランスの宿屋に泊ったような気のする宿屋もあった。駅のそばならどこにでもあるホテル・テルミュウスというのに泊ったりすると、ジャン・ギャバンとフランソワーズ・アルヌールが逢い引きをしたホテルのようであったり、ルイ・ジュヴェとだれだったかが泊った、公園の傍《そば》のホテルのようだったりした。

フランスの安い宿屋の部屋の特長は、縦の線と、その間々に花模様のある壁紙が必ず張ってある。色は白いところへ薄水色とか、バラ色なぞのごく平凡な色で、時代がついてうすよごれている。

窓には白茶《しらちゃ》色の細かいレースの窓かけがかかっていて、窓を明けると、フランス映画そっくりの街角や石畳、駅や公園が、映画の俯瞰《ふかん》図のように見下ろされる。鉄製の寝台には金茶色の無地の木綿《もめん》にキルティングをした羽蒲団《ぶとん》がかかっている。羽蒲団といったって、鶏の羽を拾って詰めたのかと思うような、フガフガしたものである。安もののの大鏡の下の棚には、瀬戸物《せともの》の水入れと洗面器がおかれていて、これがまた白地に緑や薄水色、茶などで花模様だの、田舎風景なんかが描かれている。というふうで、若い時のジャン・ギャバン、アンナ・ベラ、ミレィユ・バランの情緒横溢の風景であった。わが日本のように、東京の人が、東京そっくりのホテルや、街や、東京の街と同じ洋服の女や、を見るために旅行するのだなんて思ってはいないのである。

西欧へ行ったことがあって、かなり細かく地図の上を歩いた人は、れんがの旅館や、かまどや鉄製の焼き肉用の肉刺しなんかのある、中世紀の台所のような台所を見たにちがいない。

私は母の生きていたころ、よく母やきょうだいと湯河原へ行った。湯河原へ行くと中西なぞの名高い旅館より、奥のほうにあった湯河原会館という旅館に泊ったが、その家は有名人が泊りつけにしている、というような宿屋ではなくて、黒っぽい着物の小柄で瘦《や》せた主人も、女中たちも素朴で、主人と同じに小柄で瘦せた、よく啼《な》く犬がいた。

湯河原という町はだれでも知っているが、箱根や熱海ほどには人口に膾炙《かいしや》していなくて、俗っぽさがなく、第一、湯河原という名が私は好きである。修善寺も、岡本綺堂の「修善寺物語」の舞台のような情景が少しでも残っているのなら行ってみたいような気もする。

湯河原会館ではこっけいな話がある。私の母は父がそういうふうに仕込んでしまったのだが、極端なきれい好きで、旅館のように人の集まるところにはどんな病人が泊るかしれないというので、家からわざわざ洗面器を持って行った。それも一つなら目だたないが、私の家では、洗面器が一つだと、だれかがトラホームにかかった場合、家中が全部かかるからというので、各人、洗面器を別にしているので、湯河原へも母と私と妹と、弟とつごう四つの洗面器を持参した。

洗面所へ行くにも、湯殿へ行くにも、主人のいる部屋の前を通って行くのであるが、四人の母子が各々洗面器とタオルを持って通るのを、湯河原会館の主人はおどろいて見ていたようだった。

父にとっては自分の家以外の場所はすべて不衛生で、危険にみちていたから、父は役所の用で行くときの他は旅行をしなかった。それで私たちきょうだいが旅行をするようになったのは父が死んでからである。

そういうわけで、私たちは旅行というものをなかなかちょっとはできない、たいへんなことのように感じている。ことに私は旅行がきらいで、自分から行こうと思うことはない。自分の部屋にいて空想する旅行は好きなのである。自分のいつもの生活がなくなってしまうのがいやなのである。旅行の間は生活から浮き上がっている感じで、旅行から帰って、いつもの自分の部屋の、自分の寝台で眠るまでは落ち着かないのである。

それがどうも小説を書くようになって、自分の部屋と、行きつけの、自分の部屋の延長のようなコーヒー店との間を往《い》ったり来たりしている一種の生活ができ上がってからのことのようである。

少女のころも父母から勉強部屋を貰っていたが、自分の部屋があっても、自分の生活というものがなかった。結婚してからは勉強部屋もないからいよいよ自分の生活というものはかけらもなくて、旅行をしてもしなくても、毎日が宙に浮いたような具合で、空虚だった。そのころ夫と欧州へ行ったのである。

夫と別れて家に帰って、母ときょうだいとで旅行をしたころも、何もしないでいては意味がないというので、いやいや翻訳をしていた時代で、自分の生活、自分の世界というものはなかった。

たいしてすばらしい生活もないが、自分の生活というものができ上がって、苦しみはひどくても、そこに楽しさもあるようになってからは、その生活から離れるのがいやで仕方がないようになった。子どもが落ち着いていられる自分の世界がどこかへなくなってしまうような気がするのである。私より立派な仕事を持っていて、すばらしい生活を持っている人でも気軽に旅行をするらしいのだから、私のはへんな性分というよりないが、それで、私はどこかの出版社から頼まれて行く仕事の旅行しかしないようになっている。

一昨年、仕事のことで京都へ行った。大阪にもちょっと寄って、そこからまた京都へ行き、仕事がすんでから京都の町も歩いたが、何分にも生活から切り離された感じで、根が抜けて浮き上がった草のようなので、落ち着いて眺める気分ではなくて、京都も大阪も夢の中で見たような風景であった。

京都に泊ったときは大きなホテルで、部屋にはいってすぐに気がついたことは、周囲の壁に防音装置がしてあることだった。歩いても、椅子から起ち上がっても音がなく、ボールペンを落としてもなんの音もない。その手ごたえのないような感じも、私をいっそう落ち着かなくしたようだった。

その旅行の目的というのは、アメリカの美男俳優に会って、いっしょに写真をとるという仕事で、こういう仕事がまた落ち着かない感じだったのである。

このごろではいろいろな人と会って話をする仕事にも馴れてきたが、そのときは生まれて始めてで、どうもたいへんにきらびやかな、私の生活ととび離れたことのようで落ち着かなかった。

会ってみると心配していたほどでもなく、映画会社の社長らしい人が、私のことばを翻訳して美男俳優に伝えると、美男俳優はおもしろそうに笑い出し取り巻いていたスタッフのアメリカのお爺さんたちも皆笑い出したので、だんだんこっちも愉快になっていろいろな話をして、予定の十五分をずいぶん超過したのだった。

これで旅行というものがあまり好きでなく、旅行の経験も少ない（もっとも欧州旅行を細かく小さな個々の旅行に分けて、それぞれを私の旅行歴として加えるなら、フランス、イギリス、スペイン、ドイツ、ベルギー、それぞれの国の町の中で、小さい町も入れればその数は多いし、そのうえに、行きかえりの船で寄ったエジプト、インド、中国の町々を加えるとなればたいへんで、ちょっとした旅行家となるけれども、それらの小旅行はすべて「欧州旅行」に一括《いっかつ》されるから、私はすでに生涯の大半を過ごした人間であるにかかわらず、旅行としては「欧州旅行」の他は、京都、大阪、湯河原に各々一日か二日、最も長旅《ながたび》の湯河原で一週間の旅行歴しかなく、あとは欧州ゆきの船に乗るために一泊した神戸が加わるだけという貧弱な旅行者にすぎないわけであるから）人間の旅行歴は総ざらいであるが、ページが余ったので、私にとってなつかしい私の亡くなった父の旅行についての記憶を書き加えて、旅行の話を、というご依頼に対してのせめふさぎとしようと思う。

さきにも書いたように、私の父親は役所の用で行く旅しかしなかったので、父の旅行はいつも一人旅だった。一番最初に私が父の旅行先から便りを貰ったのは、日露戦争のすぐあとで三つか四つのころで、旅行先の風景の絵葉書に「マリヤ、フリツハドウシテヰマス」と書かれ、森茉莉の宛て名になっている。

以後父はまったく旅行なしの生活で、毎夏、房州日在《ひあり》の別荘、ともいえない小さな家に一か月ほど一家で行ったが、これは旅行とはいえないだろう。

晩年になってから博物館の用で毎年秋に一度奈良へ十日ぐらい（だったと思う）滞在した。（用というのは正倉院の御物の虫干しだった）

そのときによく手紙やはがきを貰ったが、はがきの中には朱墨で鹿が二匹遊んでいるところなぞを描いたのもあり、鹿の鳴く声を、支那の詩の中にはこれこれと形容してあるが、パッパはこういうふうに聞こえる、などと、その声をローマ字で書いてあったりした。（このおもしろいはがきも、他の手紙なぞといっしょに戦災で失ったのではっきりおぼえていない）長い手紙は、小学校の妹たちにはかたかなでていねいに書いてあり「今日は雨の中を傘をさして、下駄《げた》を履《は》いて奈良の古いお寺を歩きました」なぞというのもあった。

父の最後の奈良行きのときには、私は結婚していたので宛て名はそのころの私の名、「山田茉莉」であった。

八年前までは、一年に二本くらい小説を書いてたの。百二十枚程度の中編なんだけど、毎年一冊は本になってました。

ところが今は、『新潮』に連載中の小説にかかりっきりで、生活のサイクルはそれ中心に回ってます。映画を観たり、デパートに買物に行ったりするあらゆる娯楽を諦めて、毎日原稿作りに励んでるわけ。そうね、昔、兵隊が親も恋人も家庭も青春も全部犠牲にして天皇陛下のために出征したでしょ。それと同じに、今私の生活はその小説の犠牲になってるわけです。だから、世間との接触は、新聞、ラジオ、週刊誌だけなのね。中でも『ビッグコミック』が大好きなの。発売間近になるとソワソワしちゃう。あれは面白いわねえ。私はね、何につけても娯楽性のないものは嫌いなの。劇画にも文学を感じることがありますねえ。

一日中坐ってて歩かないもんだから、だんだん足が細くなりましてね、足だけが二年くらい高齢になっちゃったのよ。私は顔とか頭が大きいし、髪もまるめるとこんなになっちゃうもんだから、頭デッカチになって、すごく変なの。ショート・カットにでもすれば、細い足と似合うんでしょうけど。

今のマンションは、お湯が出たりお風呂があるけど、私には不必要なの。冷たい水で平気だし、銭湯の方が好き。元のアパートは、オンボロの木造アパートで、貴重品だったんですよ。オンボロが好きってわけじゃないけども、壁も少し汚れてて落ち着くのよね。

今は物価狂乱でしょ。私が老後貯金をしているってみんな笑うの。老後貯金て、アナタいつのこと？　って。今が老後なもんだから笑うんだけど、私は今が老後とは思ってないの。遥か遠い老後と思ってたの。で、遥か遠いと自分で思ってる老後貯金に今は、手をつけたくないの。

今物価狂乱って言ったけど、公害も怖ろしいですね。私は、すごい公害恐怖症なの。どんなに好きな食べ物でも、これを食べると体内の脂肪にガン性物質がたまると思っちゃうと、もうおいしくありませんね。

ただね、外国食品の方が公害管理が行きとどいていると思うの。外国のハムとかチーズで栄養を採っています。ポルトガルのバンローゼっていうワインや、オーストラリアのナチュラルチーズや、中国製のランチョン・ミートなんかで。

それから、できるだけエネルギーを使わないようにしているの。誰かと一緒だと、物を落っことしても拾ってもらえるでしょ。一人の時落とすとね、アッ、また落としたって自分で自分を叱るくらいなの。

こんな時代が続くと、今に、公害源である一流会社のエリート社員の目玉が、ブラーンとたれ下がっちゃう時がくるかもしれないわね。目玉をぶらさげたまま生活するようになるかもしれない。そう考えると、今マリファナなんかを禁ずるよりも、全ての人に解禁した方がいいと思いますねえ。

今の若い女の子達はくだらないですね。ボーイフレンドか何かわからないけど、その間をフラフラして、よく喫茶店などに居るでしょう。口先でフリー・セックスを論じたり、ミニスカートとか自由奔放なふりでいるけれど、古いカラみたいなものを強固に身につけていますよ。本質は、私の若い時代と全く、いやそれ以上の強固さで、女は二十三歳を過ぎたらオバアサンよとか、お嫁にいかなくちゃ、なんていう観念にとりつかれていますね。よく年齢を尋ねると「ウン歳」なんて、トボケるけれど、あれ、イヤですねえ。いつまでも古い観念に縛られていないで、もっと自由で、個性的な考え方を身につけなきゃ駄目です。これじゃ、大正時代の女性達の方が、ずっと生き生きした情熱的な生き方をしていましたよ。岡本かの子さんとか柳原白蓮なんか……。

まあ、今の時代は先が見えてしまって、目的を失ってしまった衰退の時代なのかもしれないですけどね。

昔のことを少しお話ししましょうか。私の青春というのはね、いくつから青春だか知らないけれども、娘時代は、あまりに赤ん坊で、何もできませんでしたし、みんなから馬鹿だって思われてたの。でも、私には負けず嫌いのけものが内に住んでいたから、生意気にも成績はクラスで一、二番を争ってたの。誰も私が勝気だとは思ってなかったわ。

私は非常に若くして結婚し、長男も生まれたんだけど、子供のようなお嫁さんだったわ。青春の甘い思い出なんてあまりないけれど、十八の時、一年先に行ってた夫に呼び寄せられて巴里に行きました。一人旅が出来ないので、運よく独逸《ドイツ》へ行く兄に連れられて行ったの。

ちょうど巴里はマロニエの季節で、ムードといい青春がみなぎってる感じなのね。

ルーブルをはじめ美術館に行ったり、古典劇、オペラ、芝居を楽しみました。ペデカっていう案内書があるのね。そこで紹介されて、伊太利のトリノにあるグレコ美術館にも行きましたし、中でもスペインのアルハンブラ宮殿の美しさは忘れ難いですねえ。薄いブルーとかベージュのモザイクみたいな、おとぎ話の宮殿のようでした。

巴里では大晦日の十二時に、自分がいいなと思った女性に接吻していい、粋な儀式があるんですよ。

大正十一年の大晦日、私は夫と夫の友人の三人で、オペラを観た後、いつものキャフェに寄ったの。そこはラビラントゥといってね、ジャン・ギャバンの映画に出てきたようなカスバの中にあるのね。その時、素敵に綺麗な牛乳色をした二十五、六の美男が入ってきたのよ。十二時になって、彼はあたりを見廻しているんだけど、小麦色をした眼の大きい、面白そうな東洋の女の子が一人いるじゃない。「ヴペルメッテ?」って、一応彼は夫達に挨拶したわけ。夫達はイヤな顔をしたわ。これは、日本人の男の通弊なんでしょう。風習とはいえ、女房が接吻されることを侮辱に思うのねえ。

その美男は巧妙でね、結局、彼は腕を壁につけて夫達から見えぬように、私の頬に接吻しましたよ。ホッとすると、「フォ、ランデ」って言うの。もうビックリしちゃって、彼は自分の頰をさし出すんだけど、私は上がってるもんだから、彼の顔が壁一面に見えたの。ともかく全て終ると、コップの音とかギャルソンを呼ぶ声とか、フランス語の響きが波のように押し寄せてきました。我に帰ると、キャフェ中の人が喜んでんの。赤ちゃんみたいな奥さんの恋愛場面を見たもんだから。ギャルソンからおじいちゃんから、隅に居た太った美しくもない娼婦まで、パチパチ手をたたいてるのよ。日本の女なら、傍焼《おかやき》するし不愉快になるでしょうけど、巴里の女は面白いわよねえ。とても愉快な雰囲気だったのよ。ところが後がいけない。夫達をふり返ると、苦虫をかみつぶしたような顔してんの。〽お月様さえ夜歩きなさる、ぬしの夜歩きゃ無理はない――なんて都々逸を歌い、巴里の色事ならオレに聴けと、粋をもって任じてた夫達がよ。これじゃあ、巴里の粋人も泣くわよね。

でも、これが青春の一コマです。

父（森鷗外）は四十五、六で再婚し、母が二十三、四でした。そしてすぐ私が生まれたとしても、母が二十八、九、父が五十すぎの子ですからね。だから孫みたいな可愛さでした。そして最初の女の子ということもありましたし。私からは申しかねるけれども、父は私の顔が大変好きだったのね。父は美人だと思ってるの。昔は実物より写真がとっても良く写って、親戚の人たちが、お見合い写真に使ったら、後でがっかりさせられるって笑うんだけど、父だけは、同じに写ってるって言うのよ。十七の時まで父の膝にのっかったりしてたの。でもね、私の結婚が決まってから、父の様子が少し変わったの。同じ扱いをしてくれるんだけど、どっかニュアンスがちがうのね。それが恨めしかったけれど、後で母に聞くと、お茉莉は、もう珠樹君に懐かなきゃいけないからと言ったっていうの。

私が巴里に発つ日、父は、大変な苦しみを我慢してたの。私との別れと萎縮腎の苦しみもあって、断腸の思いだったんでしょう。夫の友だちや親戚の人たち、母や妹が泣いているずっと後の方にポツンとうつむいていて、それが私にはとっても気にかかって、チラリと目が父の方に行くの。いよいよ汽笛がなってガタンと動きはじめた時、父は「行っといで」っていうように三度うなずいたの。それが父との最後です。

六月の末に、ドーバー海峡を渡ってイギリスに行き、ロンドンのホテルに落ち着いて三日後、「パパキトク」の電報を見つけたの。夫が隠してたのね。パパに会いたくてすぐに船の切符をお願いしたの……でも結局、けなげにも帰らなかったわ。そのうちだんだん父が死んだことも納得しましたけれど、なんともいえぬ寂しい気持で暮らしていました。

こんなことで、父との関係は、私の青春の外国生活にも非常に深く結びついていました。（談）

第四章　甘い蜜の記憶

あたしはパッパとの想い出を
綺麗な筐《はこ》に入れて、
鍵をかけて持っているわ。

基督教

私は父をパッパと言っていた。英国の子供のとも、フランスの子供のとも、独逸《ドイツ》の子供のとも違う発音で、私だけの言葉である。私はパッパが、〈クリスト教より、仏教より、禅がいい〉と言っていたので、私も、そう思っている。パッパの言うことはすべて、私にとって〈是《ぜ》〉であり、〈善〉であった。又、パッパは、〈クリスト教も、仏教も、禅もみな、人々が仲よく平和に、つき合って行くためのものなのだよ。パッパがお役所の人とも、誰とも、仲よくしているだろう? そういうようにして行くためのものなのだよ、宗教というのはね〉と、私に言った。パッパが私に向って、教育らしいことを言ったのはこの言葉だけで、他には一つもない。あとは唯《ただ》私を膝《ひざ》にのせて、私を礼讃していただけである。彼はそれだけではない。明治の女の子である私に、正座をさせず、ねころんでいることを奨励した。座る時には脚を横へ流して座るように、教えた。そうして母に言った。（お茉莉が大きくなって洋服を着る時に、行儀よく座らせては曲った脚になる）と。それで私は父のねころんでいる傍《そば》に並んでねころび、その内に二人とも睡《ねむ》ったりしていた。だが父が家にいる時間が少ないので私は、母の躾《しつけ》で座らせられ（いくら叱《しか》っても、とんび足だったが）それで私の脚は日本の女の曲った脚になった。話がそれたが私は父の宗教に関する言葉をそうだ、ほんとうだ、と思った。それでこの父の言葉を、「甘い蜜の部屋」という、百枚近い小説の中に出てくる、牟礼《むれ》林作という人物が、モイラという娘に言ってきかせる言葉に使って、内心得意だったのである。父が言っただけでなく私は、基督教《クリスト》がへんに嫌いである。又、基督教の人間というのが大変にとりすましていて、基督教でない人を見下し、あわれんだ目で見るのもいやだし、（姦淫の目で女を見た者は、姦淫を犯した者である）という説も気に入らない。それでは不具者か病人でない人間はみな不品行な奴だ、ということになる。基督教信者に偽善者が多いのは、そういう狭苦しい、厳しすぎるところがあるためだと、思っている。又、人に肌を見せてはならない、というのはいいが、病人の場合は例外である、という掟《おきて》がなく、そのために私の学校の、アマンダという修道女《スウル》は乳癌に冒《かか》ったが、医者に診察して貰《もら》うことも、手術も出来ないで、椅子に腰かけたままで、死んだ。スウル・アマンダが椅子を階下の窓際の、運動場の見えるところに運んで貰って、窓から馳《か》け廻る生徒を見ているのを見た私の妹が傍へ行くと、「アンヌ」と言って、微笑《わら》ったそうだが、気の毒なんていうものじゃない。これだけをとってみても、基督教を私は、いい宗教だとは絶対に、思わないのである。肌を見せてはならぬという基督教の教えは、冷酷、残酷、の極《きわ》みである。又、聖書に、(エホバは我を緑の野に伏せ、憩《いこ》いの水際《みぎわ》にともない給う)という言葉があるが、それを聴くと、私《あたし》はエホバにつれて行って貰わなくても自分で緑の野(安楽な場所)を見付けてそこに、寝ころぶことも出来る。憩いの水際にも一人で行ける、なぞと、真面目《まじめ》な基督教の人が聴いたら怒りに顫《ふる》えるようなことを、考える。(野の百合《ゆり》はいかにして育つかを思え。労せず、紡《つむ》がざるなり)?　百合も、薔薇《ばら》も、野菊も、菫《すみれ》も、自然に出てくるに定《き》まってるだろう?　動物だって、動物の中の一つの人間だって、虫だって鳥だって、自然に出て来たにきまってるだろう?　〈造物主〉は〈自然〉だろう?　どうも私はクリスト教というのが好きになれない。

父親とは何か

「父親とは何か」という表題が、目に入った。誰が書いたのか、どの雑誌に出たのか、後《あと》でいくら探しても見付からない。私は思った。私にとっては父親とは、恋人だった。私にとっては父親は、恋人以外の何ものでもない。昔の文章で書くと、(父親とは恋人と見つけたり)である。だから、最初の恋人のわけだが、最初があるが次がない。いつか書いた、十年位の間好きだった人物も、好きだったというだけで、なんとなく、向うも此方《こっち》を好きなような気がしていた、というだけである。一度会ったが、第三者を交えて一度会ったきりでは、恋人とは言えない。現在《いま》、好きだと思っている人物も、テレビに出るのを見ていて唯《ただ》、偉物《えらぶつ》だと感じているだけだから、間違っても恋人なぞとは言えない。恋人とは言えないが、心に深く、偉物だ、と感じているので一度、放送のある日に局へ行って、ほんとうに見たいと思っているが、私の夢想と実行との間には雲煙万里の距離がある。見に行こうと思ってから既《も》う一年位か、もっと日が流れている。大体暢気《のんき》というか、暈《ぼんや》りというか、頭の中の機械が、雲か霞《かすみ》に包まれている感じだ。私の頭の機械は、何か書く時には随分鋭く働きもするが、実行的なことには、直《す》ぐには働かない。それと恋人というものには限りない柔《やさ》しさがなくてはならないような気がしている。父の時のように、大きな、深い森の、千も万もの細《こま》かな樹々の葉のそよぎのような柔《やさ》しさが、私を包んでくれるのでなくては、恋人ではないような気がする。私の見て来た国々の中では、独逸《ドイツ》の森が一番大きくて深い。私の父の私への愛情は、独逸の深い森の、千も万もの木の葉のそよぎに似ていた。いつかもそれについて書いたが、父は幼い私を膝《ひざ》の上に乗せて、掌で軽く、背中を叩《たた》きながら、いろいろな讃美の言葉を繰り返し、繰り返し並べてくれた。大きくなってからはたとえば、私の夫だった人との新居に来ている時なぞに、傍に座っているような時、言葉には出さなくても、幼い時に私を膝に乗せて、耳の傍で唱えた言葉とは少し変った言葉を囁《ささや》いてくれているのが、私には解《わか》った。（お茉莉はいい娘に成長した。グレェトヘンのようだ、そして珠樹君のいい奥さんになった。用事はうまく出来なくて、珠樹君をまだ助けて上げることは出来ぬようだがね）と、そんなことを言っているように、私には思われたのである。又私は結婚した頃はほんとうに、グレェトヘンのようだと、自分では思っていた。結婚後一年経って、長男の爵《ジャック》が生れ、夫が巴里《パリ》に発った。それから一年経って私も巴里に発った。東京駅を発つ時、見送りの人々の一番後《うしろ》に立って、顔を俯向け加減にしている父を見た時、私には父が、（お茉莉、行くな）と言っているように思えた。私は父を捨てて、遠くへ行ってしまう、自分は悪い娘なのだ、という気がして来て、汽笛が鳴り、ガタリと、汽車が動き出すと、涙で何も見えなくなり、子供のような泣き顔になったままで、父と別れた。私はその時父が自分が既《も》う萎縮腎に冒《かか》っていること、私とは既《も》う会えぬ、ということを知っていたことを、知らなかった。父はもう三箇月より短い命であることを、どんなに哀《かな》しむか知れぬ母にも、又私にも、言わなかった。医者である、叔母の喜美子の夫、小金井良精と、これも医者である兄にだけ話していたのである。私はその時の父の心持を思うと、胸が痛い。そうしてその時の父の切《せつ》ない心は私の胸の奥に細い、鋭い、薔薇《ばら》の棘《とげ》を刺したのである。父は柔《やさ》しさで一杯の心を、私に持っていたので、その薔薇の棘は細くて柔かく、撓《しな》っていて、柔《やさ》しかった。その柔しい薔薇の棘は今も、私の胸の奥に刺さっている。父の心が柔しいので、東京駅で別れる時、その胸の奥でひそかに、（お茉莉、行くな、）と言っていた、切《せつ》ない心は、やさしい、今苗木が出たばかりの、薄紅《あか》い、薔薇の棘になって、私の胸の奥に、刺さったのである。この東京駅の別れがやはり私には柔《やさ》しい、恋人の別れのように、思われる。父はその弱った体で、私を巴里に行かせてくれるように、山田の父の暘朔を説得するために、二度も、三度も暘朔の家を訪ねたのである。山田が父に幾通もの手紙を寄越して、茉莉を寄越すように、山田の父を説いてくれることを、頼んでいた。山田が手紙の中で、夫婦は若い時に同じ処《ところ》にいて、同じものを見ていないと、年取ってから、話がなくなる、と言って来ていて、父もそれに賛成した。その考えについても言い、言葉を尽して、暘朔を説いたのである。恋人のようだった父から、そういう柔しさを貰《もら》っているので私は、空想の恋人に対しても、恋人というものに望みが多すぎるようだ。でも私は父を恋人だと思っていて、父のように柔しいのが、恋人だと、思い込んでしまっている。私と父との永遠の別離は父が予期していたように、東京駅で別れた日から、三箇月とは経たぬ内に来た。私が発ったのが四月の二十三、四日で、父の死は七月九日だったのだから。

　結婚後一年経って長男が生れ、夫が巴里に発った。それから一年経って私も後から巴里へ行った。二人が倫敦《ロンドン》にいた或日、私は夫がつい、隠すのを忘れた、兄からの電報を見てしまった。父は母に、（お茉莉は今欧羅巴《ヨーロッパ》にいる。人生の中で一番楽しい時だ。お茉莉に、俺《おれ》の病気の重いことを報《し》らせるな、危篤の電報も打つな。死んだということも報らせるな）と言ったが母としては、伯林《ベルリン》にいる義理の於菟《おと》兄に報らせないことは出来なかった。父の方の親類の誤解を、恐れぬわけにはいかなかったのである。又、父の尿毒症の発作と、その時にはもう、母にも解っていた萎縮腎の発病とで、心が動転していた母は、兄に出す電報を長文にして、巴里の山田に報らせる時には私には解らぬようにと、言って遣《や》るという心の余裕がなかった。又夫だった人も父に、（パパ、パパ）と、少しおかしい程甘えていたがそうしてそれを父がひどく喜んで、彼を、お茉莉の王子様と呼び習わした位でもあったのだが、又、それは嘘《うそ》ではなかったと思うが、どこやらに追従の気配がないとはいえなかったようなので、父に愛情を傾けつくしていたように見えたほどには、そこに実質の入《はい》っていた入り方にはどこかに隙間があったのかも、知れなかった。その隙間が、決して私に見せてはならなかった電報を、最初の時には隠したが、兄が伯林から打った、（パパごせいきよ　かえるならマルセイユでまつ）というのをつい卓《つくえ》の上に出しておいて、私を驚愕と哀しみの中に陥すことにも、なったのだと、思う。母が一生、恋しつづけていた夫であった父の尿毒症の発作に動転したことがそれに加わってとうとう、（お茉莉に知らすな、病気が悪いという電報も、危篤の電報も打つな。死も報らせるな。）と言っていた父の心遣いは、水泡に帰した。父の切《せつ》ない希《ねが》いは綺麗な、脆《もろ》い硝子《ガラス》の瓶《かめ》のように壊れたのであった。私が父の死を知った時に居た倫敦のホテルは壁も、寝台《ベッド》の蒲団《ふとん》も、掛け布《ぬの》も、白かった。私はその白い部屋で、自分自身の哀しみの上に、父の心を憶う切《せっ》なさを、もう一つの哀しみのように抱いていた。そうして三日と三晩睡《ねむ》らないで、泣いた。

盃の音

私の父の一番の特長を挙げるとすると、それは、静かな人だった、ということだと、思う。私の母方の祖父の、荒木博臣《はくしん》（ひろおみと読むらしかったが、父ははくしんと、言っていた。これは前にも書いたが父は人の名前を音《おん》で言った。親友の賀古鶴所《つるんど》も、かくしょと、言っていた。私もその方が好きである）が、直腸癌に冒《かか》った時、父が心を痛めて、いい医者に頼んで、診て貰《もら》ったところ、後《あと》で一時的のことだったことが解ったが、一時快癒という事になった。その快気祝いをした時、荒木の祖父は親類の人々と、裁判所の友人達を招いて、祝いの膳《ぜん》についた。その日私が家に着くなり、祖父の部屋に行くと、祖父が黄八丈の着物に、藍《あい》色の羽織を着て、座っていたが、がっくり落し気味にした肩の辺りに、永い病が癒《い》えたよろこびが見えて、しみじみとしたものが、幼い私にも伝わった。奥の六畳を二間《ふたま》、襖《ふすま》を払った広い座敷に居流れた客は、親類の人々の数も多かったし、裁判所の友人も多くて、食事が始まる頃には、笑い声があちこちに、漣《さざなみ》のように起って、静かなよろこびが、誰の胸をも浸していた。私の右隣りに、父がいた。父は誰かが何か話しかけると、ク、ク、ク、と膝《ひざ》を軽く揺するようにして、笑った。人々の低い話し声、静かなさざめく笑い声の中で時々、父の盃を膳に置く音がした。現在《いま》でも耳に残っている、それはしずかな、音である。祖母が、祖父の傍に行った時、祖父が「茉莉が睡《ねむ》うはないか」と言うのが、聴えた。荒木の祖父は、父の次に、私を可哀がってくれたし私もこの祖父を、父の次に、好きだった。祖父の病は其後再び悪くなり、その宴の夜の喜びは人々の胸の中に、哀しみの記憶となったので、あった。

父の手紙

これは父が奈良の博物館に勤めていた時、私に寄越した手紙のことである。私は夫だった山田が巴里に行ってから一年後に、巴里に行くことになった。山田は、夫婦というものは、若い時に同じものを見ておかないと、老いてから話の種がなくなる、ということを父に手紙で言って来た。そうして山田の父の山田暘朔に、私を巴里に寄越すように、勧めて呉れと、いうのである。

私の父も、山田の意見に賛成であることを言い添えて、私を巴里に行かせて呉れるように、言った。山田暘朔は、女は洋行せんでもいいと、言った。彼はその時これも巴里に行っていた娘の幾子（私の義姉である）の夫の長尾恒吉の処へ、幾子を行かせてはいないので、父は頼み難《にく》かった。又その時父は、萎縮腎がもうかなり進んでいた。その苦しい体を運んで、父は二度も三度も、暘朔に頼んだ。暘朔は承諾しない。父は遂《と》う〳〵最後の手段として、郵船会社の知人に頼んで、私の船室を取ってしまった。そうして、事後承諾の形で、再び暘朔に迫った。山田暘朔は、承諾するよりほかなかった。その日帰った父は母に、俺は生れて始めて悪いことをした、と言った。

私は山田が発ってから丁度一年後に発ったので、その一年間はひどく寂しい思いをした。それを奈良の父に、手紙で訴えると父から長い封書が来た。その手紙にはこう書いてあった。人間には柿の味の時期と、梨の味の時期とがある。梨の味の時に、どうしても柿の味でなくてはならないと、駄々をこねても仕方がない。お茉莉は今珠樹君が留守なので、梨の味の時期なのだ。梨の味の時には本を読むとか、何か勉強をするとかしていることがいいのだ。と、父はそういうことを私に、書いて寄越した。そうしてその長い巻紙の終りのところに、奈良の博物館の裏で摘んだらしい白菫の押し花が、入れてあった。私はその父の優しい言葉に従うよりなかった。淋しくてならない私にも、その父の言葉がよく、解った。そうしてその白菫の押し花も、涙のこぼれる程、うれしかった。

父の好物

父は変った好みを持っていてよく、餅をこんがり焼いて、細かく千切り、皿の醬油によくなじませたのをご飯の上にのせ、熱い番茶をかけたのを好んだ。それは大変に美味《おい》しいものであった。又父は生卵に醬油を一寸まぜたのを、熱いご飯にかけてたべたが、それは子供の頃から好きであったと言っていた。父の家は津和野の貧乏医者であるから高価な卵をかけた筈はない、きっと鶏を飼っていたのだろう。又父は、他家から葬式饅頭《まんじゆう》を貰うとそれを小さく割ってご飯にのせ、煎茶をかけてたべた。私たち子供は喜んで真似をしたが、母は驚いていた。又私の家ではよくロオル・キャベジ(家《うち》ではキャベツ巻きと言っていた)が、父や子供たちの皿に、大きなのが四つもついていた。子供たちは早々と自分の皿のを喰《た》べて了って父の皿のをねだる。すると父は自分の皿のを分け与えた。母は(パッパに丈夫でいて戴こうと思うのに、子供たちが寄ってたかって、パッパの分を取り上げてしまう)と言って歎いていた。

父は若い時伯林にいて、伯林の安下宿にころがっていたので、独逸の安下宿で出す料理が、私の家の西洋料理のわけで、私たちはキャベツ巻きとコロッケで育った。だが明治三十年代に家で西洋料理を造る家は極く少なく、家に片手鍋やフライパンのある家はあまりなかったので、私の家はハイカラな方だったらしい。

又父は、夜中に起きて、書いていたので、昼間は昼寝をしていた。書斎と花畑の部屋とは六畳の二間つゞきで（小堀遠州の庭に模して造った木と石ばかりの庭と、花ばかりの庭とに挟まれていた）花の庭は、独逸から父が花の種を持って帰って蒔いたので、ジキタリスなぞという独逸にしかない花もあった。小堀遠州の庭は、現今では造る庭師もないが、その頃は、そういう庭師がいたらしい。その二間続きの部屋で横になっていると木と石との庭の樹々の葉の群を通ってくる風が涼しく、箱根なぞの高級旅館の二階の二間続きの部屋に横になっているのと全く同じだった。私はよく、睡っている父のかたわらに横になっていて、そのままいい気持に睡ってしまったものであった。

父の家の二階（観潮楼と呼ばれていた）の廊下に立つと、上野の森との間の谷間は低い屋根つゞきで、一年の中で晴れた日が二三日続くと、不忍池の向うにちらと、品川の海が見えたそうだ。それで観潮楼という名をつけたのである。だがそういう日は一年に一度あるかないかである。父が客を縁側に伴れ出して、（君、不忍池の向うに海が見えるか？）と訊くと客は、見えないと言ってはわるいと思うのか、見えなくても、見えますと、答えた。父は母が嫁いで来た日に、母を伴れて、二階に上り、（あの、不忍池の向うに海が見えるか？）と言った。母は真面目な顔でじっと目を据えていたが、（見えません）と、言った。父は、（お前は正直だ）と、言った。母は絶世の美人であったが父は、母の美しいことよりも、その正直なところを愛した。

今も書いたように、父は昼間、昼寝を充分しているので、夜は夜通しものを書いていた。観潮楼のすぐ真下に住んでいた或書生は、夜中《よじゅう》、電燈の点っている父の二階の明りを見て、父と同じように勉強をしようと、渋い目を無理に見開いて、頑張ったが、到底睡気が襲って来て、駄目であった。父が昼眠っているのを知らないその書生は、到底、鷗外にはかなわぬと、兜《かぶと》を脱いだ。気の毒なことだった。

だが、その青年もどうかしている。夜昼睡らないでいられる人間がある筈がない。父は、昼間、睡り溜めをしておいて、夜中起きて書き、崖下に住む青年を、酷い目に合わせたのであった。

父、鷗外の書

ここに掲載されている父の字はまだ父が、彼の独特の書体ができていない時季のものである。父は字が下手だった。それで父は考えて、独特の書体を工夫して生み出した。父の工夫して生み出した書体はその内段々によくなり、晩年に近づいて完成した頃の書体は素晴らしいものだった。肉のない、骨だけのような書体で、私は父の若い時の拙い字は知らない。父は四十八歳で私の母と再婚したので、私が生まれて二年も経たない内に五十台に入った。それで私の記憶の中には若かった頃の父は影さえない。それで私は父が工夫して、それが段々よくなった時の書体を女学校の頃見て、素晴らしいと思った。この写真の字はまだ、父の書体が完成されなくて、完成への途上にあった頃の字である。私の勉強部屋になっていた四畳半に掛けてあった額に、「才学識」と、横書きに書いてあったが、それは大分年を取ってから書いたものらしく、素晴らし

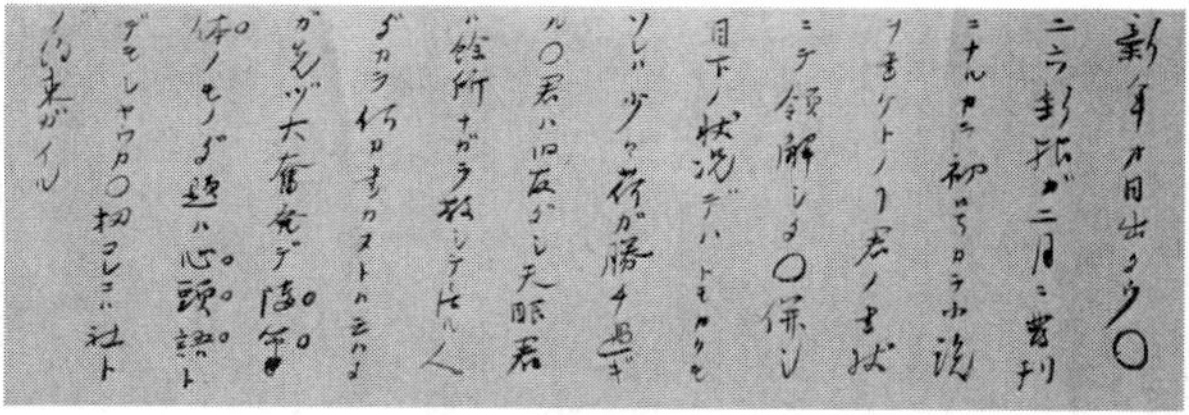

森鷗外の手紙（明治32年、岡野碩宛、部分、日本近代文学館蔵）

かった。父は自分がこの三つを持っていると信じていた。そうしてそれは本当のようだった。また、欲目かも知れないが、父の生み出した、骨のような書体は、立派な書家の字より以上に綺麗で、雅《みやび》で、父の文章（創作、翻訳、両方の）にぴったりしていた。私も字が下手だ。学校時代に、習字用の手本の通りに書くのは巧かったが、自分自身の字はなっていなかった。若い頃、父の生み出した、綺麗な字を真似ていたこともあったが、自分の父親の字とは言っても、人真似はだめだと思ってやめた。だが、会場の受付けなぞで、自分の名を書く時にはつい、父が習字の草紙の表紙に書いてくれた字体で書いてしまうことがある。少し自慢めくが、父の顔、微笑《わら》い、性格、生活の遣《や》り方、動作、それらもまたみんな、この骨のような、綺麗な字だったような気がしている。父が葉巻を持つ白い掌、薄藍色に、辺りに流れるその煙も、彼の綺麗な字のようだった。私は夏の庭の薄闇に咲いていた紫陽花《あじさい》と萼《がく》の花と、仄白《ほのじろ》い蚊柱と、父の葉巻の煙とが、忘れられない。

「世界の秘境」でシュバイツアー博士が出ると知って、その日、私は下北沢駅前通りの「青柳」に行った。私は見ない前から騒動していたので、そこらの店や街の人々、「青柳」の店員などが別に変わったようすもないのが、自分だけ一人で興奮しているようで妙であった。

コーヒーをあつらえてからダイヤルの切り替えを頼んだ。すると時間はもう来ているのに、店員の回すカチカチという音と一緒にそれらしくない画面がめまぐるしく切り替わるだけで、なかなか目ざすチャンネルが出ない。私はいらいらした。

謙譲で、感動を押えている説明者とカメラマンを見て、私はようやく自分の心と焦点の合ったものに行き会ったのを感じた。欧米人は感情を抑圧して来た長い歴史を持っていないし、仏教などが一般に浸潤していたころの私達の国の人々のように、キリスト教が深く心に入っていて、この世にも神に近い場所があることを知っているので、大分緊張しているらしい説明者やカメラマンの、押えている感動が生々しく見る人に伝わってくる。やがて白く光る画面に立った博士がうつった。博士の二つの眼は、テレビの受像という新しい機械の機能の、その尖鋭なものの中で、一人の優れた人間の魂の光をきらめかせ、異様に私の心を射た。

「シュバイツアー博士だ！」私は全く感動して、次々にうつる病院や果樹園、野外の診療所、神の家に集まって来る子供達のような黒人たち、書きものをする博士などの感動的な画面を見た。博士の愛しているシカのような獣やネコもいる。ネコはものを書く博士の手の甲をなめてはカメラの方をいぶかしげに見ている。神の手から受ける甘い天《そら》の蜜のように、助手達の手から薬を飲みくだす黒人たちの表情は、ことに私の心をひいた。

私の心は、いつか安らかな幼いときのものに入れ替わっていた。そうして清らかになった私の心に、幼いとき戯れてなめた庭の花の蜜の、かすかな甘さがよみがえっていた。

西洋人

西洋人とは鷗外の言い方だが、大体欧米人は感情の波が荒く、その表わし方《かた》も大袈裟《げさ》で、日本人に比べると半気ちがいのようである。明治の、西洋演劇の黎《れい》明期には（その時期に上演された芝居はどれもどれも鷗外訳で独逸《ドイツ》のか諾威《ノールウェイ》か瑞典《スエーデン》のだった）稀《たま》に「ハムレット」、「リヤ王」なぞもあったがそういう、英国のものだと、鷗外訳と坪内逍遥訳があったが、坪内訳は、古典劇だからというのか、「オフェリアどの、尼寺におゆきやれ」と、いうような訳で、自分の父親のだというひいき目でなくても鷗外訳の方が、そんな古風な言葉を使わないが、外国の古典文学の感じがした。鷗外は子供のように負けずぎらいなので、「俺《おれ》の訳の方が素晴しいのだ」という、腹の中の声がきこえる程の大変な意気ごみが、活字の外に溢《あふ》れに溢れていて、私はその訳文の外に溢れに溢れる鷗外の意気と気勢に、圧倒されていた。（はてさて俺は哲学も、美学も医学も理学も化学も、あらずもがなの神学も、悉《ことごと》く研究して、そうして此処《ここ》にこうしている、気の毒な、莫迦《ばか》な、俺だな……）。上山草人の、骸骨に白髪《はくはつ》が乱れているような頭を振りたてるようにして言うせりふは、四歳位の時に見たのに、現在《いま》も目に、耳に、残っている。この咏嘆的なせりふが印象に強く触れたのは、他人《ひと》は言うかも知れぬ鷗外の自惚《うぬぼ》れが私にはたしかな自負に感じられ、この箇所のせりふがまるで鷗外が言っている言葉のように、幼い心にも、感じられたからである。鷗外の漢文、和文、独逸語を知っていることは大変で、彼の大和仮名《やまとがな》と漢字と、羅馬字《ローマ》を混ぜて書いた、飜訳の文体の字づらは美であった。図書新聞の対談で吉行淳之介と向い合った時、気持が突発的な私は、そういう場合、先輩の方から言い始めるのだ、ということも完《まった》く頭になく、先ず右の議論をトウトウと述べ去り、述べ来《きた》った。大人であり又、私の文学を愛情をもって認めてくれている吉行淳之介は、後輩がまっさきにペラペラ喋《しゃべ》って、というような感じは、コティーの粉白粉《おしろい》の一粒ほども、空気ほどもなく、微《わ》笑《ら》って（なるほど）と、言った。夏目漱石の「野分」の冒頭の、（白井道也は文学者である。）とそっくりの感じで、私は（吉行淳之介は文学者である）と或日、言葉に出して、言った。荷風のようだが荷風のようにごく稀《たま》にだがいやらしい言葉が出てくるようなことが無く、品のある色気があり、微風のような微笑いがある。又、程のよさがある。私は、犀星で、文学者腰に刀を差した文学者は終りだ、と思っていたが或日、吉行淳之介の、芝生の庭に五六人で卓子《テエブル》に着いて話していた時、彼がつと立ち上がって皆に背を向け、片手で風を遮り、煙草に火を点《つ》けた。その後姿に私ははっきり、腰に刀を差した、文学者を、見た。ずっと前に彼の全集が出た時、その出版社に乞われて、彼についての言葉を書いたが、私はこう書いた。（吉行淳之介は、文壇が樹々の林だとすると、真中でなく、少し隅へ寄ったところに一本少し離れて、スッと立っている、細い、だが確《しっか》りと立っている樹、目立たないようですぐに目につく樹である）と、書いた。吉行淳之介はこう遣《や》って讃を書いても、派手には行かない。花に喩《たと》えれば葉も細く、花も白くて大輪ではないのに、花園の中でもすっきり目立つ一本《ひともと》の花である。私みたいにいやに目立たないし、大きなツラをしない、それでいてすっきり、細く立っていて目に立つ、そういう文学者である。背が低く、瘤々《こぶこぶ》のある、異様な、奇怪《きっかい》な、犀星と対照的な文学者。吉行淳之介はどこかに、（犀星を私は文学者として尊敬していたが生前に、会う機会を得ないで了《しま》った）と、書いていた。そうそう、吉行淳之介は、（犀星を私は文学者として、）と書いていない。（文士として、）だった。今これを書きながらテレビを見ると大昔見た「良人《おっと》の貞操」を遣っている。恋愛小説や、恋愛映画というものは自分が今、恋愛をしていない人が見ると面白いが、恋愛をしている人が見るとつまらないものだ。私は現在《いま》恋愛をして、ではないが、そういうようなものを感じているので、(相手の方《ほう》はどうかわからないが)全くつまらない。ことに映画やテレビの恋愛は、演出者が恋愛というものはこんなものだろうと思って役者にふりをつけ、役者は恋愛というものはこういうものだろうと思って演《や》っている感じで、恋愛の真似《まね》のようなものである。これは「良人の貞操」という小説に於て、テレビ映画に於て最も著しい。無論巧《うま》い演出者も、巧い役者もある。犀星は平常《ふだん》はとぼけた横顔に煙管《きせる》を啣《くわ》え、烏《からす》が知らん顔をしてるようだが、女が裏切るとバリバリの毛で口を開《あ》くと中が真赤《まつか》な獣のようになり、懐に匕首《あいくち》を呑《の》んで馳け出して行って、匕首を持った儘《まま》匕首ごと女に打《ぶ》つかって行く感じである。恋されないでよかったと思う人物である。生きている人間だから、絶対に裏切らない、とはいえないからだ。それに山田カレェニンの、十年間続いた言葉の拷問に比べればゴクラクである。犀星はサジストではないから、歌舞伎の科白《せりふ》にある、一寸試し、五分試しとか、膾《なます》のように切り刻むなぞというのではなくて、苦痛を短かくして遣《や》ろうなんという気持ではないが、早く殺して了いたい、とはやるのだから、苦痛は短い。私は偉物《えらぶつ》の恋人が私を殺したいという場合、逃げ場がないなら一瞬間の間に殺して貰《もら》いたい。偉物の恋人が殺すというのなら、又ほんとうに自分が裏切ったのならそれでも仕方がないが、痛いのと苦しいのが、厭《いや》なのだからである。小指の尖端《さき》を切っても大変な我慢である。青酸加里なら一番いい。

（林作と林太郎）

「甘い蜜の部屋」の林作は林太郎（オーガイの本名）だと思いこんでいる人がいるが、それは林の字をつけたことから誤解が生じたので林作は文学者にしてもいい程の繊細な神経を持っているが、やり手の実業家である。ただあの小説の中に三箇所だけ、林作が林太郎の科白《せりふ》を言っている。モイラが苦しむ時、（モイラ、よし、よし、パァパがここにいる）と慰さめる箇所《とこころ》が一つ。宴会で、モイラの肉をナイフで小さく切って遣っていてスピーチを頼まれると、（今、子供の肉を切っているので）と断る箇所《とこころ》が一つ。もう一つはモイラに向かって基督教の説明して、（基督教というのはね。パァパやモイラが御包《みくるみ》や柴田＝根性の曲ったばあさん＝などともうまく、喧嘩《けんか》をせずに平和に附合っているだろう？　ああいう困った化物《ばけもの》とうまく付き合って行くための教えなのだよ、誰でもがうまく平和に付き合って行くためのものさ。孔子も老子も、同じなのだよ）と言ってきかせるところである。

刺

　或時ふと私は、父と自分との間に或冷ややかさのあるのに、気がついていた。私は心の隅でその空気を、気にしていた。何処か夢を見ているようで、はっきりしたところのない私は、ものを深くは考えない子供のような心持で、その冷ややかな空気を、訝《いぶか》っていた。その空気は父と私とのいるところになら何処にでも、そうしていつでも、横たわっているようだった。寂しい空気はいつになっても、なくならなかった。いつも二人の間に、あった。空気は薄いけれども執拗で除《ど》けてしまうことは出来ないもののようで、あった。私はその空気が気になり、いつも、寂しかった。どうしてだか前のように、父に全身で甘えかかることが、出来なくなっていた。それかと言って何も前と変っているのではなかった。父は私が笑いかければ、微笑した。何か言えばやさしくものを言った。それは少しだって前と違ってはいなかった。それなのにどこか異《ちが》っている。その前と同じでいて異う微妙さが一層寂しくて、ならない。どうしてだか父に飛びついて行けない、何処となく父と距っている、それは私を疑わしい、悲しい心持にさせるので、あった。時々私は父に近づこうとした。だが父と私との間にある空気がなぜだかそれをさせない。私は父と少しずつ距たって行くよりないようで、あった。私はそのまま歩いて行った。淡い、懐しい黄昏《たそがれ》の昏《くら》がりのように見えたが、その空気は絶対なもののようだった。私にあとへ引き返えさせない力を、その空気は持っていた。

私は少しずつ父と離れた人に、なっていった。私は夕方、小さな家の二階なぞで、私の抱いている赤ん坊を覗いている父と坐っていて、その空気を、感じていた。——私はその頃結婚したばかりの夫と、小さな家に住んでいた。——静かな部屋だった。まだ薄明るい障子の中で、父は何処となく前とは違った人のようで、あった。赤ん坊の上に傾いている、微笑の漂う父の顔を私は黙って、見ていた。頭の上に枝を拡げ、匂いのいい花をつけて、さやさやと鳴っている樹のような父のやさしさは、少しも前と違っては、いなかった。それはもとのままだった。だがそのやさしさは私を包みには来ないのだ。やさしさは凝まって、いた。父の優しさは空気に触れるとすぐに凝まってしまうなにかのように、父のいるあたりに、凝固していた。凝固してしまったやさしさ、私を包みに来てはくれないやさしさが、私には寂しくて、ならない。それはついこの間までは私を、すっかり包んでくれたやさしさで、あった。もうその頃私は父の膝に乗ることはなかったが、それは膝に乗ろうと思えば乗ることも出来る、そんなやさしさだったのだ。父はその頃上野の博物館と、虎の門の図書寮とに一日おきに、行っていた。私の家は谷中の清水町で、父が博物館へ歩いて行く道すじに、あった。父は一日おきに何かしらん昼のたべものを持って、この家に来てくれたが、きまったように玄関口までで、上ることは稀だった。私は一寸でも上って貰いたいと思いながら、父を見たが、私と父との間には何故かよそよそしい空気が、沈んでいた。私はその度に寂しくて、ならなかった。父の心に甘えかかることが何故か、出来ない、胸に飛びついて行くことがどうしてだか、出来ない。そういう絶望的な気分が、父との間に漂っていて、どうすることも出来ない呪縛《じゆばく》のようなものを、私に感じさせていた。私はその空気に抵抗することがなぜだか出来ないようで、あった。だが私はその縛《しば》る力《ちから》に抵抗しながら、父に言ってみることがあった。

《パッパ、入《はい》らない？》

するとと父はフン、フン、と二三度肯くようにして、微笑したが、その顔をいくらか影になる程俯向けるのだった。愛情が溢れて出たようなこの微笑も、どこか開放的ではなかった。内へ向って引きこむようで、あった。私への愛情の徴《しるし》だったこの父の微笑にも、二人の間の底深い雲が煙の色を塗っていて、父の微笑は弱まり、消えてしまうようで、あった。父は何か意味のない言葉で、消えかけた微笑を補うと、私を包むはずであった柔《やさ》しさを、灰色の外套の周りに閉じ罩《こ》めたまま、行ってしまうのだった。《またこんどくる》。父が言うその言葉が私に、ひどく寂しく、ひびいた。私には父が、何か魔物のこしらえた煙の為に私に近づくことが出来ないで、それを悲しんでいるようにも、見えるのだった。茶色の帽子を被《かぶ》り、灰色の外套を着た父の後姿を、私は少時《しばらく》の間、見送っていた。上野の森を左に、右は小さな店のごたごたとある低い家並みの続いた、細い道であった。朝日の差した白い道の上を、父は一足一足《ひとあしひとあし》に何かを考えているような、いつもの歩き方で、ゆっくりと遠ざかって、行った。

こんな風にして私は父から離れ、新しく現れた人に移って、行った。父との間にあった柔《やさ》しさ、恋愛ともいうことの出来る親しみから、抵《あらが》うことの出来ない透明のようなものの力に押されて、私はとうとう遠ざかったのだった。——私が大病に罹って死が約束された時、父の母に言った言葉。……《俺は役所の池を見ると、ここに菖蒲が咲く時にはまりに見せようと思っていたが、もうそれは出来ないのだな、と思う。電車に乗れば、もうまりを伴れて乗ることはないのだな、と思う。これでみると俺は、今までまりを何処へ伴れて行こうとか、まりに何を見せようとかいうまりのことだけで、生きていたのだ》と。玄関に立ってそう言う父を見て、胸が板のようになったと、母は私に言った。――

私はそうして父から遠ざかり、一つの別な世界に、入って行った。その世界はいってみれば現実の世界で、あった。その世界に入ってからの私はみる内に、変った。言葉遣いや様子にも、今までの私にはなかった浮わ浮わとした感じが象《あらわ》れはじめ、父の家の空気には無いものが、新しく私に加わって、いた。私は自分が周りの空気に恐ろしく敏感で、忽ちそれに感電する性情を、持っていたという事に、その時は気がついて、いなかった。私はただ漠然と不安を感じていた。そんな風になることが、いいことなのか、悪いことなのか、そんなことは解らなかった。唯そんな風になって行く自分が父に愛せられなくなるのではないかという、不安があった。私はどこか水の違う家の中で、ぎこちなく暮しながら、既う父に愛せられなくなるのではないかという悲哀が、自分の胸の隅に、繊い巣をかけはじめるのを、感じていた。父から捨てられるのではないか。父との間の寂しさがとうとうひどくなって、癒らなくなってしまうのではないだろうか。新しい環境に囲まれて、夢中に経って行く月日の底で、私は父から捨てられる寂しさを、味わった。《あんぬがおまりと話をすると、おまりと同じ調子になる》と母に言ったという父の言葉をきいて、私は胸をいたくした。自分だけが除《の》けものにされた悲しさが、父から嫌いになられたような悲しさが、私の胸を痛くした。私は父に長い手紙を、書いた。私の入った家は、実業家の偉い男を主人にした家であったが、他の人々の生活はひどく賑やかで、なまめかしく、真面目な話しかたをすると周囲との調和が破れた。私は自分の話しかたで話をする事が、出来なくなって、いた。それを私は父に、書いた。父の返事は来《こ》なかった。私は結婚して幾らか経った時、夫に、言った。《あたしはパッパとの想い出を綺麗な筐《はこ》に入れて、鍵をかけて持っているわ》と。小さな歎きと、或誇りとがこの言葉の中には、ひそめられていた。私は父と私との愛情を美しいと信じていたからだ。父の人間には詩がある。夫《おっと》には詩がない。それが稚い私の心に、解らぬなりに無意識な判断をさせて、いたからだ。そうしてほんとうに私はそれを、遣《や》った。そうすることで私は最初の世界を、心の底に閉じ罩めておこうと、した。最初の美しい世界、高い、灰色の香気のある愛情、その愛情生活の燻《くゆ》りをとじ罩めて、それを死ぬまで蔵っておこうと、した。私は十五歳と十ケ月で父と別の家に住むようになり、次の年の三月、疑いと悲しみとを胸の中に入れたままで兄と、夫のいる欧羅巴へ、発った。父は皆と停車場に、来ていたが、窓の下に重なるようにして立っている人々の後に凝っと立っている父を視た時、胸を衝かれたように不意に、或不安のようなものが、起って来た。それが何だか私には、わからなかった。その不安は直ぐに大きくなって、雨雲のように拡がり、その時私の心の中にあった子供の顔と着物の色、心持青い母の顔なぞの他の影像を、忽ちのうちに蔽いかくそうとするようで、あった。その不安をなんと言ったらいいのだろう。私は自分が父を突き離して来たような、ひどく残酷にしているような、そんな気が、したのだ。それから父が無くなってしまうような心持。何かが冷たい、厚い、濡れたもので心を外側からそっと押えた、とでも言ったらいいだろう。そんな気持が、したのだ。側へいって胸に摑まって、どうしたのかと訊いてみることが出来たところで、二人の間には空気が、あった。それは出来はしない。私は俯向いて立っていた。悲しげな母の顔や、窓の枠に手をかけて、ぶら下るようにしている妹の帽子の上に、私の眼は落つきがなく漂って、いた。父の顔は見ることが出来なかった。それでいて見なくては、見なくてはと思う心が、不安で一杯の私の胸をおびやかすようで、あった。私は誰の顔をも落ついて見ることが、出来なかった。発車のベルが鳴り響いて私の心の不安を突き破り、そうして妙なものに引張られていた私の心を現実に戻して、（もうお別れだ）という一つのはっきりとした考えに、集注してしまうまでは、私は心のうしろでするこの異様な心持に、捉えられていた。誰かに着物の端を密《そ》っと抑えられているような心持。そんな心持に捉えられて、いた。車が揺れ始めた時、私の眼が父の顔へ行った。父は微笑した。そうして二度、三度、肯いた。幼い時からいく度か見た微笑だった。愛情に満ちた、それだった。父の顔が霞み、私は子供のように泣き出して、いた。嗚咽《おえつ》の底で、父の顔が胸に閊《つか》え、何故か固く閊《つか》えて、いた。その日の旅立ちは若い私達が欧羅巴へ行くので、いわば華やかな旅立ちだったが、その下層には、父と私の間の空気、不思議な不安、ひょっとしたら私の胸にあったのかも知れない父の死への予感、そんな眼には見えない哀感が、流れていたのだった。私はぼんやりとそれを、感じていた。二人の間にあった不思議なかぎろいは、活気のある笑い声のあっちこっちにしているこの場面の底に、暗い硝子のような寂しさを、置いていた。船の旅の間も、そうして欧羅巴での日々の中でも、私はこの出発の時の父の顔を忘れようとしていた。意識の底に埋《うず》めて、いつも蓋をして、いた。それに触れることは何故だか痛い、いやな、ことだった。――父がその日家に帰って母に言ったという言葉。《おまりがきょうは鳩のようだった。》………鳩というのは西洋で言う結婚前の、無垢な娘の形容で、あった。私は父の眼に最後に映った自分の像《すがた》が、そんなであったことを一つの小さな贖罪《つぐな》いだと思っている。――

それから四十幾日か経った或朝、兄と私とは北駅《ギャール・ド・ノール》の煤けたプラットホームに、下りていた。葡萄酒の樽の転がっている石畳の横丁、ぼんやりと往来を見ている老人、眼の上にまで汚《よご》れた毛の垂れているむく犬。その中を踊るようにして走る自動車《タクシー》の、客を乗せると下ろすブリキの白い旗。………いつの間にか人の気分を柔かに、解きほぐしてしまう巴里の雰囲気《ムウド》は私の胸に、故郷をも忘れさせてしまうような或甘やかさを、その時すでに、置いた。

　巴里は春だった。昏い、青い、空だった。マロニエの並木は藻《うみのくさ》のように透って灰色の街の谷間に、燃え上っていた。珈琲店《キャフェ》のテラスの、橙《オレンジ》と白の椅子を埋《うず》めている人々。大通り《ブールヴァール》を殆ど埋め、すれすれにゆっくりと動いているタクシー、オートブス、白い馬をつけた印刷紙の馬車。何かの埃、花の匂い。………巴里の夜は深かった。深い、甘い、夜だった。鋪道に流れている珈琲店《キャフェ》の燈火《あかり》と、瓦斯燈の光しかないサン・ミッシェルの裏通り。何処からかして来る靴の音は、いつのまにかわきの横丁に、消えていた。互いの腰に腕を廻し、一つの影になって行く恋人。雨に濡れた闇の中に、ダイヤモンドのように耀く珈琲店を見ながら、古代の洋燈《ランプ》、帝政時代の絵本などが飾窓の中に埃を被《かぶ》っている、真昼の鋪道の上で、私は巴里に浸っていた。森《ボワ》へ行く、船で郊外へ行く、芝居を見る、セーヌの岸を歩く。私は巴里の柔かさの中で、夢を見るようにして、生きていた。暑過ぎない陽ざしの中で、霧のような雨の中で、私はいくつもの日を送った。出発の時に受けた不思議な不安、何故か痛い胸の傷は、巴里のやさしさの中で劬《いたわ》られ、癒されていくようで、あった。夏が来て倫敦《ロンドン》へ行った時、私は父の危篤を、知った。危篤の電報を受取った翌日には死の報らせが、来た。私は二晩寝ずに、哭いた。だが父と私との間にあった空気の記憶は、嗚咽する胸の中にわだかまっていて、純一に悲しむことを防いでいるようで、あった。最後に見た顔が胸をいたくしているのに、どうしてか、純一になれないので、あった。父が死んだのに純一になれないことが、ひどく悲しく、思われた。悲しいというよりも苦しかった。そうしてそこにはいくらかの不快さえも、まじっていた。それは殆ど後暗い心持と言っても、よかった。私達は倫敦のホテルの白い、冷たい部屋にいた。寝台《ベッド》の傍には大きな窓が開いていて、月の光が敷布の上に、流れていた。はっきりと刻まれた敷布の皺を、嗚咽の間に見ていながら私は、しらじらとした寂しさを感じていた。

倫敦から独逸へ行った私達は伯林《ベルリン》に二月《ふたつき》を暮すと、ミュンヘンに、行った。父の長く住んでいた町へ来たことの感動が私を捉えて、巴里で薄れた胸の傷は再び鮮やかに、なった。イザアルの河岸《かわぎし》を歩いている時にも、ホッホブロイ（酒場）の、ドイツ語の響きと麦酒の泡と、葉巻の煙の渦の中にいる時にも、稚い頭に映るおぼろげな影ではあったが私は父の人生を夢み、父の生涯を、想った。《ヨーロッパの記憶も既《も》う薄くなった》と、呟いた父の言葉が、思い出された。私は或日、大きな本屋で、夫が本を選ぶ間を待っていた。ゲエテ、シルレル、リルケなぞの金色の字が、薄暗い中に光っていた。ふと私は不思議な心持を覚えた。父の心が、もっと何かを極めたくて極め得ずに死んだ父の心が、その書棚のあたりに漂っているような気が、したのだ。そこに漂っている父の意慾が、父の亡霊が私には見えるような気が、した。私はその時不思議なメランコリイに、捉えられて、いた。人間の一生というものは何という短いものなのだろう。私は人間の一生というものの短かさを、考えた。父の一生を考えて死を想い、死に惹かれるようなものが、胸に響いて、いた。何処からか、死の国からかそれが私の胸に、ひびいていた。四方の壁を埋《うず》めた本の群が、ファウストの寺院の壁のように私を取り囲み、見下していた。私は凝《じ》っと佇んでいた、そうしていくらか恐れていた。そうしていると、どれかの本の頁がひとりでに繰られ、頁の中に剣の音が鳴り、ブレンチンの呻きが、メフィストフェレスの笑いが聴え、グレエトヘンの処女《おとめ》の胸が、薄衣に包まれて見えてくるように、想われた。ゲエテやシルレルの霊の群像と、父の意慾が、小さな私の前に起ち上ったように、想われた。そんな幻想の中にいた、何刻かの故だろう。若い私は死を想い、又死の冷たさに、恐れた。書棚に架けた梯子の上で、木の蟲を取る人のように本に顔を近づけていた夫が、下りて来て大きな掌の埃を払い、「行こうか」と見返った時、私はその肱に手をかけ、夕陽が鋪道を金色に温めている往来《おもて》に、出た。そうしてようよう未だ生きている人々の世界に還ったかのように、思うので、あった。だがその父への哀情にも、二人の間の空気が距ての硝子を置いていて、苦い、後悔に似た不安と、疑わしい悲しみとはやっぱり私の胸の中に、あった。

私達は再び巴里に帰った。そうしてしばらくして日本に帰って来た。其後も私は、ふとした情緒に捕《とら》えられる時、父の想い出の中に浸った。だが父を想う時、不思議な疑いのようなものは想い出の中にいつもあって、私を不安にしないではいなかった。寂しいものに触れたくない、いやなものに触りたくない私の心は、いつもその苦いものを胸の奥に押しやり、忘れ去ろうと、するのだった。だが或日の事、私は母と話している内に父との間にあった不思議な空気が、何であったかを知ることが出来た。私が寂しさを感じていた頃、母もそれを怪しんで父に訊ねたのだった。父は《おまりはもう珠樹君に懐かなくてはいけない。それは俺がそうしているのだ》と、答えた。父は故意《わざ》と私を遠のけて、いたのだった。寂しさに耐えて、そうしていたのだ。父は自分の死が遠くないことも、考えていたのだろう。私を悲しませまい、出来るだけ知らせずにおこう。おまりを欧羅巴へ遣《や》るのは誰の為にもいいのだと、そう父は考えたのだろう。父は夫の側《そば》に行きたい私の心と、夫が父に寄越した手紙とを見て，弱った体で人を訪い、反対した人々を説いてくれた。そうして停車場へ来て、もう生きて会われない娘を見て、寂しさを我慢したのだ。停車場で父を見た時に私を襲った不安は、それは父が感じていた父の「死」で、あった。父が感じていた私達の「永遠の別離」で、あった。私の稚い胸に突き入った、それは父の慟哭で、あった。

その話を聞いた時から、父の最後の思い出は私にとって、深い悲しみと、なった。金の筐はまだ、私の胸の中にある。だが小さな、鋭い刺が、それをきいた日から私の胸に、刺さった。恋人達が、自分をこの世から消すことで、相手の胸に深い創《きず》をあたえるように、まるでそのようにして父は私の胸に鋭い刺を、のこした。父との別れを思い出す度に、私はその刺を感じる。柔かい、よく撓う、あの若い薔薇の刺のように、その刺はやさしい。そうしてその為に一層痛いのだ。

父の最終の日々　その他

前に書いた父との東京駅での別れは、父が私の旅行の留守に死んだので、私と父との永遠の別れだった。その時父の顔の上に、（お茉莉行くな）という言葉が現れたのは、それが永遠の別れだと、父が知っていたからだ。又、父の私への愛情が大きかったからだ。私が五歳の時、百日咳になり、回復はしないとわかった時、或日陸軍省から帰って玄関に立った父は母にこう言った。（俺《おれ》は電車に乗ると、もうこれにお茉莉を乗せることはないのだなあと、思う。上野の山を歩いていると、もうここを、茉莉と歩くことはないのだなあ、と思う。俺は今まで、茉莉を伴《つ》れてどこへ行こうとか、茉莉とどうしようとか、俺は茉莉のことだけで、今まで生きていたのだ）と。父が萎縮腎になり、死期が逼《せま》った時、妹の杏奴と弟の類とは親類の家に預けられていた。父と母とは小倉での暮し（新婚の時）以来始めて二人切りで向い合って、膳に着いた。父父の手の象牙《ぞうげ》の箸が、茶碗の縁に当たってカチ、カチ、と鳴った。庭樹《にわき》の深い青葉の繁りが、母は恐ろしかった。その深い緑の中に、死の影がみえていたからだ。誰にでも来る、最終の日々である。私にも来る、最終の日々である。その父と母とが向い合って、膳に着いている様子や、青葉の繁み、母がそこに死の影を見た青葉の暗がりを思い浮べると私は父の飜訳したアンドレイエフの「人の一生」を思い出すのである。父は私に最後まで、大きな愛を持っていた。父は母に、お茉莉に俺の様子を言って遣《や》るな、と言い、俺が危篤になっても危篤の電報を打つな、死んだという電報も打つな、と言った。お茉莉は今欧羅巴《ヨーロッパ》にいる。一番楽しい刻《とき》を送っているのだと、言った。母には父の様子は胸に深く映り、父の言うことはその一つ一つが胸に滲《し》みたようで、今書いた父の様子や言葉を私は何度母から聴いたか知れない。父がもうそこから起き上ることの出来ない死の床に横たわっていた時父の顔は恐ろしい程痩《や》せて、両方の頬《ほお》には穴を穿《うが》ったような深い窪《くぼ》みが出来ていた。或日母が私の長男の爵《ジャック》を抱いて父に見せに行くと、父はよろこんで微笑を浮べたが、そういう恐ろしい顔なので爵は（こわい、こわい、）と言った。父は寂しそうに（こわいか、それではそっちへつれて行け）と、言った。母は私に、（あんなに柔《やさ》しい、あんなに素晴しい微笑《わら》い顔の人だったのに、その時爵がこわい、と言うほどの恐ろしい顔になっていた。パッパはそれがどんなに寂しかっただろう）と、言った。父は果物の煮たのに砂糖をかけたのが大好きだった。五月頃の梅に始まって、六月頃の杏子《あんず》、七月の水蜜桃、八月から九月へかけての天津桃。父の死んだ年、母は、なんともいいようのない思いで、果物を煮た。五月の梅、六月の初めの杏子、七月の水蜜桃、八月の末から九月へかけての天津桃、と、煮る果物が変ってゆくのにつれて、父の死は近づいた。母は台所で梅を煮ながら、杏子を煮ながら、どんな心持だったろう。父は七月の九日に死んだので、水蜜桃までしかその年は食べなかった。私も父に似て、果物の煮たのがひどく好きだ。父の死を倫敦《ロンドン》で知った私は、夫が独逸《ドイツ》へ行こうと言ってくれたことがひどく嬉しかった。ミュンヘンの駅に下りた時私は、われはきく、よく来《こ》しという我が父の声、なぞと、和歌の出来そくないを呟《つぶや》いた。伯林《ベルリン》の町には父の影がそこここにあった。本屋で、本の並んだ棚に高い梯子《はしご》を掛けて本を探している夫を待って立っている私の目は暗い本棚の辺りに漂った。父の書斎にあったのとそっくりな、黄金《きん》色の、ゴチック体の字が暗い本棚にぎっしり並んでいる。私は本の背に、ゲエテ、シルレル、なぞの字を見つけると体ごと、それらの本の方へひきよせられるようになり、その本たちの頁の中から、メフィストフェレスと、ヴァレンチンの交える剣《つるぎ》の音が聴えてくるような気がした。又白い衣《きぬ》を着たグレエトヘンの、柔かな胸が、見えてくるように、思った。私は天井の高い、暗い本屋の中で父を考えた。まだしたい仕事、したい飜訳、読みたい書物（父は決して本と言わず、しょもつと、言った）があって、まだ魂がこの生きている世界に漂い、もう生きていない自分を、寂しく思っているように思われる父を考えた。父の意欲がまだこの世界に漂っているのを、私は感じた。梯子から下りて来て手を打ち合わせて埃《ほこり》を払い、さあ出ようか、と言うと私は夫の腕に手をかけ、まだ明るい戸外《とそ》へ出た。私は父のいる、死の世界から、生きている世界に還《かえ》ったような気が、したのである。伯林の家々の庭に咲いている花々を生垣ごしに見ると、私は千駄木町の家の花畑を思い浮べた。伯林の家々にある花は、私の家の庭にあるのと同じなのが、多かった。父が花の種を持って帰って、庭に蒔《ま》いたからである。町で会う老人の顔には父の顔にそっくりなのが多かった。父は伯林でメチニコフ（正露丸を作った人）という著名な医学者から、君の顔はゲルマンの顔だ、と言われたことを非常によろこんでいた。たしかに父の顔は、カイゼル二世を文学者にしたような顔だった。父の顔は上等な顔（父の言い方）だった。とくに微笑が綺麗だった。写真に微笑したのが一枚しかないのが残念でならない。いつか本誌に出た、馬の手綱を取って立っている別当（父は馬丁と言わないで別当と言っていた）と並んで立って微笑《わら》っているのが一枚きりである。その一緒に映っている別当は、歴代の別当の中で一番、父の気に入っていた別当だった。それで微笑《わら》っているのである。その別当は朝、父の弁当を持って父を送って行き、夕方、父と家まで一緒に帰ってくるという自分の日課が終ると、近所へ酒を飲みに行く。そうしてぐでんぐでんに酔払っての帰り途《みち》で、溝《みぞ》の中へ落ちたまま、眠ってしまう。その度に車夫が、探しに行って負《おぶ》って帰った。どの別当より駄目な男だったが、可愛い性質だったらしい。真紅《あか》くて丸い顔で丸い目、出歯という程ではないが一寸口元の尖《とが》った、子供のような罪のない顔をしていた。その別当の名を覚えていたのだが、今、思い出せない。その別当がバケツに水を入れたのを持って来てガチヤンと置き、馬の足元に敷いてある藁《わら》をひと握りとって、たわしのようにして、中程をくくり、それを水に浸しては馬を洗って遣るのを私はよく見ていた。

父親とは何か?、自惚れの芽生え

前に一度書いたと思うが、父親とは何か、という表題で誰かが書いているのを見た。後《あと》で探しても見つからない。感想文だったのか、論文だったのかもそれだから、解《わか》らない。父親とは私にとっては恋人以外の何者でもない。それで父親は、最初の恋人の訳《わけ》だが、私はいつも父親の燻《く》ゆらす、ハヴァナ(葉巻)の香《にお》いの中にいた。電燈が点《とも》り、庭に薄闇が迫る時、父は低い声で、歌っていた。(昔ツウレに王ありき、誓いかえせぬ君にとて、王は黄金《こがね》の杯《さかずき》を、干しけり宴《うたげ》のたびごとに、その杯に盛る酒は、涙を誘う酒なりき)又(イソルデよ、わが恋人よ、ふたたびわがものとなり給うとか)。この歌詩は、十四位になった時に、覚えた。私は幼い心で、父を恋していたが、父も幼い私を、恋しているように、思われた。何故《なぜ》かというと父は私が傍に行きさえすれば読んでいた書物《しょもつ》(本のこと)も、書いていた原稿も脇《わき》へ除《の》けて、(父はのけると言って、決してどけるとは言わなかった）私を膝《ひざ》に乗せ、掌で私の背中を軽く叩《たた》き、膝を揺するようにしながら言った。「お茉莉は上等、（父は上等というのが口癖であった。上等の人間、上等の酒、上等の料理、という風にである）お茉莉は上等、目も上等、眉《まゆ》も上等、鼻も上等、頰《ほ》っぺたも上等、脣《くち》も上等、髪も上等、性質も素直でおとなしい」と、くりかえしくりかえし唱《とな》えるように、言った。私はいい気分で、自分位目も鼻も眉も頰っぺたも、髪もきれいな子はないのだと思い、私の大きな欠点である自惚《うぬぼ》れの芽はこの時に芽生え、次第に葉を拡げて大きな、木位もある草に成長したらしい。たしかに、おとなしかったが、弱虫でろくに口も利けなかったのだ。ちゃんと一人前に確《しつか》りしていてその上でおとなしいのではない。現在でも、情ない程弱虫で、強いのはペンだけだ。ペンと噂話とは刃物よりも恐ろしい。私は夫の家を出たことで、七八人の夫の友達に噂話を蒔《ま》かれたために、二十三年の間世間から葬られたことがある。その七八人が捏造《ねつぞう》した私の悪い噂をバラ蒔く。悪い噂は口から口へ伝播しても凄《すご》い広汎囲に拡がった。私は自分の周囲《まわり》に石の厚い壁があるのを感じた。世間の平和な、温かな陽差しは一筋《ひとすじ》も差し込まぬ。石の壁は外へ出れば私と一緒に移動する。私は外を歩く時、俯向いて歩くようになった。或日三越で、二間位向うに上田瑠璃子《るりこ》さんの顔が見えた。「海潮音」の上田敏のお嬢さんである。私が目礼すると瑠璃子さんはツト、顔をそ向けた。上田敏は父と仲がよく、二人が観潮楼（家《うち》の二階のこと）で楽しく談笑している間、瑠璃子さんと私とは階下《した》で仲よく絵を描いて遊んだ間柄であった。私はその時思った。瑠璃子さんには悪い噂の影もない。聖女として、遇されているようなものだ。私に会釈をしたところで、自分自身には傷はつかぬ。私だったら、話をしたり、一緒に歩いたりはしなくても、軽く首を下げて目礼位はしただろう、と。目礼をしたために自分も同じ悪い噂の仲間に陥《お》ちるのなら困るが、そうではないのだ、と。その後何年か経って私も書くことで少し頭角を現わし始めた頃、野田宇太郎の文学散歩に妹と一緒に加わり、会食なぞもよくしたが、レストランで偶然、瑠璃子さんのご主人と一緒になった。お互いに知らぬので特に挨拶《あいさつ》もしなかったが、ご主人は一寸《ちよつと》困った気持になられたかも知れない。

第五章　作家・鷗外と私

私の「恋人たちの森」なぞを
もし父が生きていて読んだら、
どんなに歓ぶだろう。

鷗外と林太郎

パッパ（私は父のことをパッパと呼んでいた。外国の子供は国によって、パパァ、又はパパと呼ぶらしいが、私はパッパだった）と、私が父のことを言うので、母を始め、祖母も、兄も、又、私の家に来る、親しい客たちも、出入りの人々も皆、父のことをパッパと言っていた。客は森君とも、森さんとも言わずに、パッパと言った。「パッパはおいでですか?」「パッパはもう奈良からお帰りになりましたか?」というように。家に始終来ている、産婆のお栄《えい》さんは、うちの親族の赤子を皆取り上げたばかりでなく、亡くなる時の湯灌もした。それで兄の於菟は、客が大勢集まって、輪になって席に着いていた時お栄さんに、「俺の時も頼むよ」と、微笑《わら》い顔で言い、皆が笑った。お栄さんが或日来て、目覚し時計が何度も何度も直しに遣《や》りましたので、もう駄目になりました、と、母に零していた。その日から数日後、うちに来たお栄さんが、「きのう私が、家《うち》の前を、歩いておりますと、車（人力車）にお乗りになったパッパが、銀色にピカピカ光る目覚し時計をお持ちになった手を高く上げて、振っていらっしゃるじゃあございませんか」と、そう言って、紅い顔をくしゃくしゃにして、嬉しそうに笑った。

私の父母は両方とも再婚であった。父は四十八の時に母と結婚したので、私が生れて、片言《かたこと》で何か言い、自分のことをパッパと呼ぶようになった時には既《も》う五十二になっていた。それで、初めての女の初孫《ういまご》という感じだったので、私を溺愛した。前にも書いたように、私が傍へ行きさえすれば、読んでいた書物《しょもつ》も、書いていた原稿も脇へ置き、吹かしていた葉巻もそっと、書物の山の上に置いて、（葉巻は積もった灰が落ちると、不味《まず》くなるので、独逸人は出来るだけ、灰を落さぬようにするのである）私を膝にのせ、私の目鼻立ちを一つ一つ、褒め、髪を褒めて、大変だった。それで私は、自分が大変に綺麗な子供なのだと信じこんでいたが、十五、六になって辺りを見廻して見ると、自分が大変な美人でもないのが解って、がっかりした。ところが父の方は、私が十五、六になっても未《ま》だ目がさめなくて、お茉莉はお酌よ（半玉《はんぎょく》のこと）と言って、喜んでいた。私が珠樹（夫）の後《あと》から一年後《おく》れて巴里へ発った時も、私の見送りに来て家に帰ると母に、「お茉莉が今日は鳩のようだった」（独逸では処女のことを鳩というのである）と言って、にこにこしたそうである。父は私の留守に亡くなったので私は、父の目に残った私の顔が、鳩のようだったことがほんとうに、うれしい。

私の幼い時の顔を見て褒めた人が、もう一人いる。それは石川啄木である。啄木がうちに来た時、客を通す二階が、客が何人も居たので、啄木は階下の四畳半に通されて、待っていた。私は十五、六歳頃から大変な無口になって、客が何か言っても黙っていて、一寸笑う位だったので、まるで啞のようだったが、幼い頃にはわりにおしゃべりで、初めて見た人にも平気で何か言った。啄木の来た日、私は啄木のいる部屋に入って行って、彼と話し、又、父から貰った父の原稿紙（罫がなくて、すべすべした紙で、明るい方へかざすと、西洋の綺麗な女の横顔が、楕円形の枠に囲まれているのが透き徹って見える、素晴しい紙だった）に、自分の名を漢字と羅馬字とで書いて見せた。啄木はその私の様子を、可哀さ限りなかったと、その日の日記に書き、大きくなったら、どんな美人になるだろうと、書いている。（嘘だと思う人は、明治三十九年頃の啄木の日記参照されたし。）父の原稿紙はほんとうに素晴しくて、私がそれを学校へ持って行くと、男の子が寄って来て、一寸貸しておくれね、と言ってその紙を明るい方へかざしては、騒いだ。男の子たちは、郷千枝さん（郷誠之助という、一流の実業家の娘）の、籐《とう》の籠にお弁当と一緒に入っている、壜に入った美味《おい》しい湯ざましを、自分たちのお弁当箱の蓋に少し滴らせてもらって、仰向いて飲み、ああ、美味《おい》しかった、というように、仰向いて、咽喉を撫で下ろしたが、彼らの感嘆するものは郷さんのお湯ざまし（きっとレモンの汁と、砂糖が入っていたのだろうと思う）と、私の透しの入ったすべすべの白い紙だった。郷千枝さんの姉さんの春子さんが一部に居て、私や郷千枝さんは二部だった。私の母は教育ママの走りだったので、（その頃は、母親とは唯々優しいだけのものと、相場が定まっていた）私がまだ小学校に入る前から数字を百まで教え、足し算と引き算も二桁位まで教えこみ、片仮名と平仮名も全部、読み方、書き方を教えこんだ。もっとも私がひどく暈りな子供で、母の実家で祖母が孫たちを集めて、ご馳走するような時、私より年下の従妹たちが、「あら、茉莉ちゃん、まだこんなこと知らないの？」なぞと言って莫迦にするのを口惜しがって、茉莉は莫迦のように暈りですけれど、学校はお茶の水で一番です、と言いたいためばっかりが理由で、私が小学校に上らぬ前から、字の書き方、算術を、猿に芸を教え込むようにして、教え込んだのだから、教育ママになったのは、母のせいばかりではない。父が、何も遠い師範学校に行かせないでも、すぐ近くに誠之小学校といういい学校がある、といくら言っても耳にも入れず、お茶の水に入れた。お茶の水と通称されていた、東京女子高等師範学校附属小学校に入れなくてはと、目の色を変えていた。

本人の私は、何を言われても平気の平左で、ポカンとしていたが。何しろ、女子高等師範学校附属小学校とくるから大変で、地方の女教師が、教師学の見習いに、毎年二、三人来た。男の生徒は彼女らが運動場を通ると、「あれ、教生だぞ」と指差した。事実、お茶の水の小学校の教師は立派な人ばかりで、帝大の先生でも勤まるほどの、五十六、七位の立派な先生が揃っていた。私の組を一年から三年まで続けて受け持っていた岡井二朗先生なぞは、その後、小学校の中で最も優秀な学校であった、番町小学校の校長に、抜擢された。

標題に書いた、鷗外と林太郎が一番後《あと》になってしまった。父は鷗外という号を使っていたが、鷗外という号はどうもひどく威張った感じがする。鷗はかもめなので、別に威張った意味でもないと思うがどうも、オーガイという音《おん》が、威張った感じを与える。これが欧外だったら、自分は和漢だけではなく欧羅巴の学問にも通じているぞ、という感じで、もっと威張った感じになったかも知れない。父も晩年に近づいた頃、それに気づいたらしく、林太郎に変えた。たしか、「稲妻」が二度目に出た時からだった。森林太郎、これは実にいい名である。もし本名が留吉とか金太だったら一寸、父の小説や飜訳の著者の名としては、困るが。

AとBとの会話——鷗外について

鷗外の頭脳《あたま》の中は、倫敦《ロンドン》の国立図書館の書棚のように整然としていて、彼が何か（何かと言っても、面白くない小説か、＝たった一つの例外が「雁」である＝理論的な文章か、変な、古典的な文章で書いた、上野の絵の展覧会の批評なぞで、読んでもあまり面白くないものである）古典的文章で書いた絵の批評というのは、一例を挙げると、何某の何々について、こういう様に書くのである。「あなたはよけれど、こなたは如何《いか》にぞや」。皆さんにお判りになるように翻訳すると、あなたというのは彼方《あなた》のこと、つまり遠景のことで、こなたというのは此方《こなた》のことで、近景のことである。絵を出品した画家たちは、鷗外の批評だ、というので一応は目を通しただろうが、すごい古典的な文章に辟易したにちがいない。鷗外が批評したのは洋画の部門であるから尚のこと画家たちには、ピンと来なかっただろう。二人の洋画家の会話体で一寸、鷗外の批評をして見よう。画家A曰く。(君、鷗外の評読んだか?)画家B、(読んだ(気のない声))(何しろ桂五十郎を除いては漢文では第一人者だそうだ。)(桂五十郎ってなんだね?)(日本で漢文の学者では唯一の人物だ。なんでも鷗外の娘の茉莉が書いたのを読んだが、頭のテッペンから声を出すそうだ。鷗外はそいつが来ると、袴をつけて客間に出るのだ。五十郎と鷗外が話している次の間に茉莉と、次女の杏奴がひそんでいて、五十郎がカン高い、頭のテッペンから出る声で「ハイイ」と言う度にくすくす笑うので、鷗外も弱ったらしい)(それは困るだろう)(相当な年の人間がそうだからまして、頭を振るとフケがバラバラ飛び散るような長髪の若い画家で、ひと言《こと》何か言ってはその長い髪を手でパラリとかき上げながら「フン、こばまんか(小林萬吾のこと)」なんて言ってる奴は鷗外の批評など問題にしなかったろうね)(彼方《あなた》だの此方《こなた》だのと言ったってそれが遠景とか近景のことだとは、わかりもしまいからね)(鷗外もそれで困っていたらしい、何かの本の序文の終りに、「僕もそろそろ引込《ひっこ》んだ方がよいかも知れぬ。気短かな若者の振り下ろす斧が頭に落ちてこぬ前に」と書いていたっけ)

(鷗外の翻訳した、「蛙」という面白いのがある。彫刻の名人がどこかの泉の底に、蛙を一匹彫って入れた。その名人の息子がそいつを見に行った。息子はあまりに生きているように出来ているのに感心すると同時に腹が立って来て、手に持っていた斧だか、彫刻刀だかを蛙目がけて投げつけた。すると割られた蛙の頭から血が吹き出して、泉の水が真赤に染まった、という話だ。その蛙のように、気短かな若者の斧で頭を割られぬ内に、引込もう、というのらしい。むろんその序文は一種のいやがらせでね。引込む気持なぞあるまい）（無論だろうね。夫人が茉莉に長唄を習わせようと言った時、長唄なぞより、薗八《その》がいいと、言った。薗八というのはかの都一中が創立した一中節が又二つの流派に分れた一方の方で、その頃すでに、新橋の老妓でも知っているのは一人か二人だったそうだ。中山吟平という、薗八を遣《や》っていた唯一の男が、鷗外から手紙を貰って感激して、教えに来た。当時四十歳近い夫人と、十五歳の茉莉という、覚えの悪い弟子に、倦まず、たゆまず教えた。茉莉の書いたのを読んだが、まるで節もない感じで、ぶつぶつ呟いているようだったが、素晴しかったそうだ）（そんな節を聴いて見たいね）（何しろ長唄のように良家の子女に教えるものではないので、宵は待ち、とか黒髪とかいう教則本のようなものはないから、最初から、夕霧伊左衛門だ。「夕ぎり涙もろともに、うらみられたり、かこつのも、それは浮気な水浅黄、あい染めたその日から、こんな縁《えにし》が唐《から》にもあろか」とか、「わしが案じを移り気な、ほかにもしやといいがかり」又は、「仲直りすりゃあ、明けの鐘、憎うてならぬとりの声」というような、情緒纏綿《てんめん》たる唄らしい)(いいねそれを又、ぶつぶつ呟くように唄うというのがいい。中山吟平のを聴きたかったね)(ああ、一度でいいから聴きたかった)(先刻《さっき》も言ったように、鷗外の頭は理論で一杯なのだから、書いたものを読んだって面白くないが、彼もやっぱり一人の文学者だからね。日常の遣《や》ることなぞをきくと面白い。彼は細君が風邪で寝ていたりすると、子供の弁当のお菜《かず》を造《こし》らえてくれたそうだ。七輪の火に網をのせて、皿に、砂糖、酒で味つけをした味噌を平らに塗って、網の上に伏せて焼き、表面がこんがり焼けると又味噌を上下《うえした》に混ぜ返して網にのせる。そう遣《や》って造《こし》らえた焼味噌を、弁当のお菜にして、飯《めし》のわきに入れてくれたそうだ。親友の賀古鶴所が本物の酒飲みで、刺身だの酢の物なぞは御免だ、と言って、鷗外の奥さんに海苔を焼いて貰うか、浜納豆(三洲味噌を小さな豆位に丸めたもの)で飲んだそうだ。鷗外は賀古が来た時だけ相伴して飲んだが、飲めない男なのでその浜納豆を飯にのせて湯をかけて食うのが好きだったそうだ)(それは美味《うま》そうだ)(これも茉莉が書いているが、鷗外が万能なのは学問だけではないのだ。学校の夏休みの宿題に、大豆を庭に撒いて、九月の学期が始まるまでに収穫して来いというのがあった。茉莉が鷗外に言うとちゃんと豆を撒いて、九月一日の朝、二三粒の、収穫した大豆を手の平にのせてくれたそうだ)(百姓も遣《や》れるわけだ)(うん)(だが算術が駄目だったらしい。お茉莉が頼むと、「うん、それはこう遣《や》れば訳はない」と言って四角や三角を数字の間々に入れて、答えを出した。だがそれは代数の遣《や》り方で、それでは答えは出たって、教師のところに出すわけには行かない。パッパが算術が駄目なのには、お茉莉も困ったらしい）（それは面白いね。鷗外の頭脳《あたま》で、算術が出来ないというのは）（うん）

（鷗外は自分には情のあるものが書けない。それで翻訳するものは皆、情緒纏綿としたものだったというが、それにちがいないと僕も思うね。「みれん」、「リイベライ」みな鷗外には書けないものだ）（彼自身は情緒の人生を送ったこともあるらしいが）（日本に帰ってからは、愛情生活はお茉莉専門だったようだから夫人を悩ますこともなかった。娘を溺愛している分には、天下太平というものだ）（ところが夫人はお茉莉を焼く感じがあったらしい。奥さんというものは何もなくても苦情を言うものだ）（そこが荷風の言う、「箕帚《きそう》を取らせれば悍婦となる」さ）（女子と小人は養い難し、というのは千古の名言らしい）（さてと、君の机の上の時計は合っているのかね）（あいつも巻いている。今日午過に巻いた）（するともう十一時を過ぎた。そろそろ失敬するよ）（ああ。又来給え）

父の雛

私が最初に見た――見たというのは、それを持って遊んだ記憶がないからで、それはあまりにも遠い昔のことである。日露戦争が終って父が凱旋して来た時で私は三歳だった。その最初の人形というのは護謨《ゴム》人形で、どんな顔だったかも、どんな風俗をしていたかも覚えていない。ただかすかにぽかんとしている子供のような顔だったこと、髮が多い長いスカアトと上着との間に太い兵子帯のようなものを締めていたのを覚えている。よくフランスのナポレオン時代の貴族の子供が白い襯衣《シャツ》の上に短い編子の洋袴《ズボン》とチョッキを着て、洋袴とチョッキの間に太くて、幅の広い帯を兵子帯のように花結びにして後か横に垂らしているが、あんな感じの帯を締めていたような記憶がおぼろげにある。そういう人形が十五、六あって、中には動物も混じっていたような気がする。そのころ私が護謨まりと護謨人形が何より好きだったという母の話である。そうしてその十五、六もある護謨人形は殆ど皆父が買って帰ったので、父は私が赤ん坊の頃出征して、帰ったら三つになっていたために私がなかなかなつかなかったので、父は私の好きな護謨人形を幾つも買って来ては、私のお機嫌をとったということである。私のぼんやりした当時の記憶の中に、その十五、六の護謨人形がずらりと一列に、座っている私の前に並んでいる光景である。遠い記憶の中だからだけではなくて、その部屋はたしかに夕方だったらしく、暈《ぼんや》りと暗くて、障子がいくらか明るくみえ、護謨人形たちの向こう側に、黒い男の影があった。母にその光景を話してみたら、「それは多分、パッパが満洲から帰って直ぐの冬で、パッパが護謨人形をまりちゃんの前に並べてお機嫌を取っていた時のことだろう。まりちゃんは私にも、女中にもよく抱かれたし、オンプ、オンプと言って負《おぶ》って貰うのも好きだったのだが、パッパが膝を叩いて、ここへ来《こ》い、ここへ来い、と言うと少し考えて、一寸だけよ、と断ってから膝に乗るので、パッパはその度にがっかりしていらしったのだよ」と説明してくれた。

三歳の幼女で、実の子供だったとはいうものの、ずいぶん素晴らしい男に機嫌をとられたり、ここへ来《こ》い、ここへ来いと抱きたがられたものだと思うと一寸面白くなる。というのは、父は渋い、いい顔をしていて、ことにその微笑が美しかった。陰翳があって、自分の娘に一寸微笑《わら》っても、何か秘密な、誰にも教えない、二人だけの楽しいことをそっと打明かす時の微笑《うすわら》いのようにみえる。伯林にいたころの或日、友だち五、六人と旗亭に行って隅の卓子で話していると、女たちが来て、父の脇に座ろうとする。父は必要のためでしか女と遊びたくないので――後ではエリスという恋人、というより、同棲の相手が出来たが――大声で、「俺は結核だ、寄るな、寄るな」と言って手を振っていたが、その内大変綺麗な、三十に近い女が来て、父の傍にいる友だちにわからないように、父の掌に自分の部屋の鍵を渡したそうである。（モロッコ）のアミイ・ジョリイがトムに鍵を渡したような具合だったのだろうが娘である私としては、伯林にいたころの嫩《わか》い父の方がトムに扮したゲイリー・クウパアより内容はあるし、心の中は複雑だし、渋くて、苦いストレエトの珈琲のようで、素晴らしかっただろうと思うのだ。又、エリスという、その後出来た情人が父が日本に帰ると、後《あと》から後《あと》を追って来たという事件もあった。そういう父であるから、幼女で、実の娘ではあっても、外へ出る度に護謨人形を買って来ては機嫌をとったり、膝に乗させたがったというのが一寸素晴らしいことに思われるのだ。

閑話休題。私がその次に父から買って貰った人形は、奈良の人形屋で買って来た木彫りの内裏雛である。ここにある写真がそれであるが、手に持つと持っていないように感じられるほど軽いのに、芸術品のような厚みと重みがあって、木肌を地にして淡彩に、黄金《きん》、落ちついた赤、藤紫、青磁がかった緑、胡粉、などで模様を入れた女雛男雛の衣裳も、黄金で塗りつぶして、図案化した菊の模様が盛り上っている男雛の袴と、女雛の角帯も見飽きのしない美しさだった。ところが私はその二体の雛の顔を全く覚えていない。そのわけは私が父の日露戦争の留守の間、私と母とは母の実家の父の家のすぐ近くにある、その母の父の持ち家の一軒にひっそりと、住んでいた。それは父の母、つまり母には姑に当る人と母は折合わなかったので、別になっていたのである。前にも書いたように、私は物心《ものごころ》のつかない内に父が出征したので、初節句と次の年の節句はその、小さな家で祝った。その二度の節句の時に母は人形や雛道具をその小さな家の六畳の床の間に飾ってくれたが、暗い家で、奥まった壁際にあった床の間は大変に暗かったので、台の上に洋灯を載せて雛壇のすぐ傍に置いた。洋灯の火屋《ほや》が雛の顔の高さにあったので、洋灯の煤で内裏雛の顔がすっかり煤けてしまった。——奈良で買ったその内裏雛は父が、私が生れると殆ど直《す》ぐに買ったのである——それで父が戦争から帰るとすぐ、母はその薄黒くなった内

鷗外が茉莉のために奈良で購入したという一刀彫の立ち雛。

裏雛を父に見せて相談した。父はそのころ軍医としての地位は低かったが、母の案のように、日本橋のいい人形屋に持って行って修繕して貰うための金が出せないわけではなかったが、父はその雛の顔がひどく優雅だったので、自分の方がその煤けない前の顔に似せて描けると思った。そうして父はよく切れる彫刻用の小刀で雛の顔を薄く削り、胡粉を溶いて塗り、しんかき（極く細く書ける筆の名）で男雛と女雛の目を描いた。削り方が本職でないので、何かを剝いた庖丁の跡のように、たてに小刀の跡があるし、胡粉は今では塗り方が薄すぎたので殆どあるかないかに薄白くなってしまったが、薄墨で描いた目、ことに女雛の目は支那の昔の美人の蛾眉のように細く優雅で、なんともいえなく美しい。胡粉に何かを入れてつけたらしい、小さな、小さな、まん丸の鼻は女雛の方にだけしか残っていない。その欠けて、一つだけ残っている鼻は人形師がつけたものである。その薄墨で描いた女雛の目の美しさはほんとうになんともいえなく、それは父の（美）というものへの愛情と、私への愛情が、しんかきの筆の穂先に籠って出来たものである。私は多くの日本画の名高い人の画をみたが、この、私の父が奈良の人形師の（一体その人形師はどんな人だったのだろうか）描いた目が優雅だったので他の人形師に入れさせたくなくて、不器用な手で顔を削り、自分で胡粉を塗って、私への愛情をこめて自分で描いた目、雛人形の目ほど美しい目は見たことがない。私はその雛の目を見るたびに、どんな時でも優しい目をしていよう、怒った目なんかは女というものは一度もするものではないのだと、心に思うのだが、いつの間にかぎょろ目になって小説を書いていたり、目に力を入れて、いやなアパルトマンのお内儀さんを睨んで負かしたり、というようなことを時々しているのである。その女雛を出して来て、その目を見ると、当分の間はいつも優しい目になっている。

父は文豪といわれているが、私には面白い小説を書く、巧い小説家とは思われない。透徹った、智の光の宿っている頭で書いた、理の勝った小説の形の美しさや、細い尖った針で、黄金の板か、象牙の板に彫ったような文体の美しさはあるが、書いている間に、物がだんだんに凝炻をしはじめるとか、人物の気持がどんどん変って行ってしまうとかいうようなことがないらしい彼の小説は好きではない。飜訳はたしかに天才で、私は父の飜訳以外には、それがどんなに正確無比でも、素晴らしいと思ったことはない。(これは大へんに私としては言ってはいけない言葉かもしれないが、私は父を、ただ、膝にのせて貰い、背中をたたいて貰ったパッパだと思っていて、鷗外という人物は、批判と尊敬とを抱いている一人の批評家であって、飜訳家であり、又小説家でもある――批評と飜訳とは天才である――人であって、殆ど他人なのである。パッパが鷗外という名で、私の知らぬまに何かいろいろなことを書いて発表していたということである。又誰かを批評する場合は先生でもその文名を呼びづけにして書くし、父であってもほめるところは批評家として大いにほめるし、けなすところは勿論、どんどんやっつけるのである。――偉なるかな！　室生犀星は私が彼の文学を批評した文章をよみ、「わたしの名を呼びづけにして書いたこと、モリマリが始めからそういうところにいた、ということは大したことだ」と、人に語ったのである――だがこの雛の目のことを考えたり、その美しい細く描いた目をみたりすると、父という人はなかなかえらい教育家だ、と思われてくる。又ふだん私と生活している時も、何一つ教訓は垂れないが、ただ自分の生活を私に見せていただけである。ねころんで昼寝をしたり、驚くべく清潔に暮したり、（昔ツウレに王ありき）などと素敵に歌ったりしていたのである。人形はまだいろいろあったが話が横道に外れ通しになってしまって、人形については二つの話だけになってしまった。

父の飜訳

私の父は思想家でもないし、本当の（玄人の）小説家でもなく偉人でもなかったと思うが、往来を歩いていたりする、ごく普通の人よりは偉《おお》きな感じはあった。子供だった私の目にそうみえたので、子供の目には対世間的の考えやいろいろの夾雑物はないから、たしかに往来を歩いている人よりは偉きな、一寸変った人だったのだと思う。変ってみえるのはドイツ人そっくりの顔や服装のせいだったが、偉きくみえるのは彼は、怠けものの人がきいたら気が遠くなるような勉強をして、西洋人の思想と芸術、和漢の学問を、頭の中に詰めこみ、ドイツの医学雑誌から、文学書も、積んで並べれば自分の体の容積の百倍以上の容積になる位を読破していた。そのために、態度やようすに一種の落つきというなんというか、本人自身は威張っていないが、ひどく自信のある人のような感じがあったからだったと思う。宴会の席なんかでは目立たない場所に背中を丸くしてあぐらをかき、にこにこしていた。その様子は、猜疑心のある人の目には故意にへり下って、人々がもっと上の席へいって下さいと頼むのを待っているのじゃないかというようにも思われ又にこ〳〵顔は、人を馬鹿にしているようにも思われたが、父のそういうようすは神田川（鰻や）の座敷でも、奥山のしる粉屋でも同じだったので、かりに父が一人の老獪で名声を得ることにがつ〳〵した狸だったとしても、誰もみていない、細君と子供だけの場所でわざ〳〵けんそんしたり、智識のない人々をばかにした微笑を浮べて、誰か世間の人間が廊下か庭から覗く危険にそなえることもないのである。だがそれをよく知っている私でさえ、その父のようすを想い浮べてみると、〇〇〇〇〇〇（みんなは俺ほど勉強しないので、なにもしらないなあ）と、そんなことを考えて、一寸馬鹿にしているようにもみえた。父の微笑を分析してみると、父は心から底から、人をばかにする気持がなく、ただ自分の頭脳が、薄い黄金《きん》の、細かな機械が、動くように働いていて、ものが解らなかったり、頭の中で何かが混乱したりすることから起る、脳のうす暗さや、錆びついた機械のようなひっかかりが、まるでないのを、心《こころ》から愉快に感じて、気嫌よくしているのであって、そこにいる人の頭の中のことなぞ、考えていない状態なのである。人間というものは妙なもので、一人の男があって、その男が自分をばかにし、わざ〳〵嘲笑いを浮べている、というような場合には、まだ可愛げがあり、ゆるせるのである。まったくの自分を意識していなくて、どこかの、気分のよさそうな国に、自分だけ入って、にこ〳〵していられると、なんとなく業腹に感じる。そういうわけで、私たち子供が、神さまというものをおぼえた日から、その（かみさま）というものと、うちにいるパッパというものとが混合して、一つものに思われてしまった位、善良だった父という人間は、そのわりに、あまり多くの人に好かれなかったらしい。母なんかも、何か苦情をいうと、（父から見ると、母の苦情は、頭を冷静にすれば、一秒間に解決する問題であって、四角い部屋の一方が開いているのを、あとの三方の壁を叩いては、開いていない〳〵と言っているようなものだった）父はにこ〳〵してなだめたが、まだ馴れないころは母も、そのにこ〳〵をいやがって「あなたは人の話をおひゃらかしておしまいになるのよ」といって又も怒った。父は「俺がなにをひゃらかすものか」と、又にこ〳〵した。偉大の話が、父の態度の話にいつのまにか変ってしまったが、父は、私の考えるのに、日本にいたのでより偉大にみえたのだと思う。日本には偉い人は一杯いるが、偉の字とか、巨の字のつく感じの人がわりに少ない。一年半ばかり欧露巴をうろついて来て、えらそうにいうのではないけれども、西洋だと、パン屋の親爺や、鉄道員の男なぞの中にも、一寸した偉きな感じの人間がいるように思われる。乞食の中に、ゴンクウルや、ドオデみたいな感じのする男がいるし、いわんや一寸した学者とか、老ぼけたピアノ教師なんかにはうよ〳〵いる。シュニッツレルの「恋愛三昧」の老いたヴァイオリン弾きのワイニンゲルは、私に父を想わせるのである。父がもしドイツにいれば、そう特別に偉きな人間の感じにはみえなかったと思う。偉大な感じの人がいない町は寂しい。あんまり好きではないが、ヴィットリオ・デ・シイカという映画監督なんかすごく偉きい感じで、もしあの男が厚ぼったいオーヴァでも着て、下北沢を歩くところを想像すると、まるで神様みたいなものだ。眼つきは一寸異様で気持よくないが。鷗外の顔は、ドイツなら、気持の大きな、学問好きの、娘を可哀がる、老教師位のところである。最近試写でみた「フランス式十戒」に出たフェルナンデルなんか実に偉きな感じで、一度でいいから珈琲店ででも向い合って、――向い合わなくても、別の椅子に来ていて、こっちから見えるのでもいいが――座って一寸でも話してみたいと思ったほど、ブワーッと偉きくて、楽々とした椅子のようだった。私はこのごろ自分の魂が、書いたものに、ちゃんと出ているはずだと信じているのに、別の、いやな、魂と思いちがいをされているらしいことを人からきいて、心がしきりに痛むので、フェルナンデルや、マルロオ、バロオ、なぞの顔を写真でみると、彼らが、実は真赤な贋物であって、気の小さな、いやな奴でもなんでもいいから、彼らのような人間に一寸でも微笑いかけて貰いたいなぞと、変なことを考えるわけである。それこそ、ドイツの駅員でもいいのである。マルロオやバロオや、フェルナンデルが日本に来たとしても、私に面会を申込んでくれる気づかいはないからである。

偉きな感じの話はそれ位にして、（私のこの種類の苦情をならべ出したら、厚い本が五六冊出来る位できりがないのである）父の美点について言ってみると、第一は飜訳のうまさだと、思う。父の和、漢文と、語学の力を併用（それも余裕をもって）して綴った飜訳の文章は、西欧の、羅馬字の文章の美しさには、もう一つ漢字と平仮名との散集した美しさをつけ加えた、欧露巴の美より以上の欧露巴の美を造り出していると、私は思っている。私は鷗外という人は、〇〇〇〇〇〇〇学者を兼ねた、玄人でない小説家で（渋江抽斎の類だけは一寸別らしいが、あれは学問の力が大部分をしめているのかもしれない）根本は詩人だったと、思う。だが名飜訳家としての方がもっと上のような気がする。自分の父親のことをいやにほめたが、父も一つ二つは偉い点がなくては気の毒である。どういうわけか私は父が可哀そうでならない。母からきいた父と新聞記者とのとっくみ合いの喧嘩の話や、自分がそばにいて見ていた、人力車夫や、精養軒のボオイや、帽子屋の中僧、小僧やにばかにされた時の内心の深い、子供らしい激怒や、を時に想い出すが、チェルカアソフ（ロシアの名優らしい）のドンキフォオテが、退屈のかたまりであるために、意地悪のかたまりと化した貴族達に揶揄われたり、町の人々に嘲弄される演技を見た時には、そういう父のようすを痛い程、思い出して、一人で腹を立てたのである。父が愛し、向うも又父を愛した人々は別にして、父はわりに人にいやな奴と思われ、死んだあとでもいやな奴と思われているらしいのは、全く困ったことである。

さて、くだらない愚痴を書いたので本題のための頁がすでになくなってしまったが、私は父の飜訳した瑞典《スウエーデン》やドイツの戯曲が帝劇や有楽座なぞで上演される度に、父か母と行って見ていたが、その時の、まだ柔かな幼児の頭に浸みこんだ記憶と、大きくなって（残念なことに父の死後である）父の飜訳小説や戯曲をよんだ感動との二つが、この頃になって、甘い恋愛小説を書きはじめた私に、いくらかいい影響を与えてくれているのに、気づいている。甘いけれどもどこやら恐ろしい恋愛小説、それが私の夢であるが、困ったことには私の小説は、生意気にも目標にしはじめたシュニッツレルの「恋愛三昧」や、「みれん」、誰だったかの「僧房夢」なぞに遠く及ばないどころか、全く、一寸いかした映画の感じを出ていないような気がするのである。だが全く素人で、その恋愛小説を書くまでの小説は、下手そのものであった私が、どうにか小説らしいものをこしらえ上げたのは、或幻影を見たためではあるが、父の飜訳した、美の極まりのような、欧露巴と和漢の混合した、飜訳小説の影響力も大いにあったので、あった。ふつう、鷗外というと、まず「青年」、「雁」、渋いところでは「百物語」、「妄想」、又は歴史小説という風に、人々は話すけれども、もっと「恋愛三昧」や、「僧房夢」、「復讐」（レニエ原作）、「みれん」、「聖ジュリアン」（アルフォンス・ドオデ原作）のことについて人々が言ってくれてもいいような気が私にはするのである。「聖ジュリアン」を私は、何度もよんだが、よむたび、紙の裏に浮び上ってくるフランスの偉大な小説家である、アルフォンス・ドオデの書いた羅馬字で出来上った原文の美と、父の平仮名と、漢字とを駆使した飜訳文とが重なり合って、大きな樹の、無数の木の葉が、光と影とによって、あらゆる陰影を出して暗く、明るく煌めいているのを見て、そうして恍惚の中に陥るのである。その意味で、私は、父のたくさんの小説の中では「花子」がすきである。あの小説には、父が愛した、欧露巴の美、羅馬字の美、がよく出ている、と思うし、一寸はドオデにも似ていると思う。

自分の父親のことなので、なんだか自画自賛の感じになったが、私は父を一寸批評してみたのであって、批評をする時には、室生犀星先生とか、川端康成氏の場合でも、対等か、又は上から見てするのが本当だし、自分の父親のことでも、遠慮なく、ほめていいのだと、私は考えている。それだから、この文章の始めの方で、父の偉くない点を言ったのも、けんそんではなくて、本当にそう思っているのである。

仲谷昇の「侍」、父の翻訳小説の影響

杉良太郎の「新五捕物帳」に出た仲谷昇の喜左衛門が、古びた畳の上に後向きに座っている姿を見た瞬間、私はその姿に強い力で惹《ひ》きつけられ、目を離さずにいた。それは「侍」であった。オーガイの「高瀬舟」に出た松岡某と田中春男と同じ、現代の役者が扮《ふん》している侍ではない、日本の「昔」の中に生きていた「侍」であった。貧乏畳の上に、ぴたりと座った貧しい「侍」であった。どこがどう異《ちが》うのか着物の着方も帯の結び方も、座り方も、「侍」である。日本の「昔」の中で生れ、「侍」の生活をやって来た、貧乏な侍の生計《くらし》も、つぶさに味わって来た、それは一人の貧しい侍の後姿であった。縁《へり》の毛羽立った固い畳と、一心同体のようにして生きて来た一人の貧しい侍の後姿で、あった。杉良太郎から目を移した時、私はそこに「侍」を見た。家具、わずかの什器も売りつくし、腰の刀だけが残っている貧しい「侍」。仲谷昇の、畳の上にぴたりと正座した喜左衛門の後姿に、強い牽引力で引っ張られるようにして惹きつけられたために私はその芝居の筋がどういうものであったかをよくわからずにしまったが、訪問者が杉良太郎の岡っ引であること、その場から二人で喜左衛門(仲谷昇)の妹の婚礼の場に行き、生垣の外から妹が花嫁姿で通る廊下を垣間見《かいま》、深い感動を後姿に見せて、杉良太郎の岡っ引に路地のようなところで礼を言った場面を見ても、何かの罪を犯したのにちがいはなく、多分、妹の嫁入り仕度のために遣《や》った罪なのだろうということも疑いない。その痩《や》せた、単衣《ひとえ》もの一枚らしい後姿も、私に深い印象を残したのである。

「高瀬舟」の喜助に、どうしてうれしそうな顔をしているのか、と訊《たず》ねる下級侍が、その時私の頭に浮び上がった。(あの侍は、前の場面で家財道具を売り払っている。それで、自分も惨めだがその自分よりも惨めな囚人の月を仰いでいる顔が、うれしげなのを不審に思ったのだ。)喜助が、(わたくしは二百文という金を自分のものとして手に持っていたことがございません。それでうれしいのでございます)と、答える。(高瀬舟に乗せられて島流しになる罪人は一人一人に二百文の銭が渡されるのである。)あの役人も仲谷昇が演《や》ったらいい出来だっただろう。ただ仲谷昇は柄は大きくないが背が高い。田中春男との釣合いが悪いが。松岡某も貧窮な下級侍になっていた。

家具なぞを売る下級の侍、「高瀬舟」。主君の切腹に追い腹を許されずに、一家で腹を切る侍、「阿部一族」。切腹をする侍のその日の、腹を切る時間までの気持と行動、「興津弥五右衛門の遺書」。（いよいよ切腹をする時、庭に目をやると、草花の苗に立ててある竿の先に蜻蛉《とんぼ》が来て止まっている、というような情景がある）。又、或武士が断罪と決まった時、その武士の小さな娘が裁判官に向って放つ鋭い一言《ひとこと》、（それは「お上《かみ》のなさることに間違いはございますまいから」と、いうのである）、「最後の一句」。そこに呈出しているお上《かみ》というものと人民との関係。そういう彼の小説を読むと、鷗外にとって士《さむらい》の世界というもの、武家制度というものが、彼の小説（ことに晩年の）にとって素晴しい、材料としての宝庫であったことを感じる。今更言っても仕様がないことだが、三島由紀夫の切腹を止めることの出来たかもしれないのは鷗外だけだったような気がしている。批評文と、戯曲に長じていたが、小説は理屈が前面に出ていすぎていた点も、鷗外は三島由紀夫と共通していた。又、三島由紀夫は鷗外を重く見ていたように思われるからだ。私が小説を書く時のように、書いている内に一人の男が相手の少年を嫉妬《しっと》し出したり、だんだん殺意を抱くようになって来る、それを作者の私が見ていて、だんだん小説がそのようになってくる、というような、作者が小説の中の人物に引っ張られて行く、というようなところが鷗外にも三島由紀夫にもない。彼らの小説には最初の一行を書く時に、既《も》う、その小説の最後の一行が作者にわかっている、というようなところがある。それでは小説は読んでいて面白くないのだ。作者も、読者と一しょになって、小説のなりゆき、小説の中の人物がどんなになって行くか、ということに引っ張られてゆくのでなくては、面白くもおかしくもないのだ。それが鷗外にも三島由紀夫にも、わかっていない。これが鷗外と三島由紀夫との二人の生徒に対して呈出するモリマリ先生の忠告である。二人とももう死んでいるので手おくれだが。これを読んだ地下の鷗外はクックックッと笑い、三島由紀夫は明るいが、鋭く強い、時には凶暴に、血の匂《にお》いさえする大きな目を甘い、砂糖蜜のような微笑《わら》いに崩してにっこりするだろう。

草野心平が或日、(森さん、お父さんには「恋人の森」は書けないよ)と微笑《わら》って言ったが、(その時にはまだ「甘い蜜の部屋」は書いていなかった)それはほんとうである。私は鷗外の訳したシュニッツレルの「恋愛三昧《リイベライ》」や、ハウプトマンの「僧房の夢」(原題エルガア)を読んでひどく惹きつけられた。そうして、それらを読んでから一年位経った頃、「恋人たちの森」と「枯葉の寝床」とを書いた。「恋人たちの森」や、「枯葉の寝床」を書いた時にはもう、「恋愛三昧」や「僧房の夢」のことは頭になかったのだが、どこかで、知らず知らずにそれらを読んだ時の感動や陶酔が、私の頭に作用していたらしい。そういうのを影響というのだろう。ちゃんと意識して、読んだものを頭に思い浮べ、書く時にその感動を牛の食い物のように反芻していて、人に、自分の小説について訊《き》かれた時に、「何々の影響をうけて書きました」なぞと言うのは、それも影響かも知れないが、少くとも素晴しい、本当の影響とは言えないだろう。「恋愛三昧」や「僧房の夢」を読んだことのある人がいて私に、あなたの「恋人たちの森」や「枯葉の寝床」は、ああいう小説の影響をうけて書いたのでしょう？　と言うような時に私は、（そうかも知れないと思います）と答えるが、そういうのが影響というのだと、私は考えている。私は傲慢であるから、出来れば誰からも影響をうけたくないと思っているのだが、こういう風に、影響というものはいつの間にか、どこからか、頭のどこかに入って来ているのである。又私は鷗外の翻訳小説の中にある恋愛小説や戯曲を読むと、彼が「恋愛三昧」、「僧房の夢」、「みれん」のようなのが好きなのだが、自分にはそういう風なのが書けないので、好んでそういう小説や戯曲を翻訳していたような気がする。彼はそういう小説や戯曲が好きだったのだろうというような気がしている。

鷗外という筆名

父は覇気があるというか、客気があるというか、そういうものが溢《あふ》れ出していてそれで、鷗外というような筆名をつけたと思う。父も晩年になってからは、鷗外という筆名を嫌いになって来て、たしか何度目かに、「稲妻」を出した時からだったと思う。著書にも、森林太郎と刷らせた。ずっとその方がいい。父の日露戦争の頃の写真を見てもまるで、カイゼル二世の顔のようで、カイゼル二世が、世界に最《さい》たる独逸《ドイツ》国にするぞという顔をしているように父も、俺《おれ》は鷗外だ、世界一の議論と翻訳をしているぞ、と言う感じである。だがオーガイも、世界一の小説を書いているぞ、とはきっと、思ってはいなかっただろう。オーガイの小説はつまらぬ。(「雁」だけがたった一つの例外) 何故かというと、最初の一行に筆を下ろす時に既《も》う、最後の一行が頭の中に出来ているからで、それでは読んで面白い筈がない。

鷗外と私

　私の恋愛小説なんかでも、書いている内に三十七、八の美青年がだんだん、美少年に嫉妬《しっと》をしてくる。書いていておやおや？　と思いながら書いている。そうでなくては読んでいて惹《ひ》かれて行くわけがない。父もそれは知っていたと思うので、私の「恋人たちの森」なぞをもし生きていて読んだら、どんなに歓《よろこ》ぶだろう、と思ってそれがひどく残念である。本の裏の方に他《ほか》の本の広告が出ているがそこに、森林太郎と森茉莉の名とが並んでいるのを見ると、父が私の小説を読まずに死んだことが、残念というより哀しい。私が十四の時、自分の中に書きたいものがあるからなのではなくて、ただ、小説というものに憧《あこが》れて、なんともいえない莫迦《ばか》々々しい、へんなものを二枚位書いた。書き出しは、（尼たちの誦《ず》する読経の声がしていた）とくる。そうして一人の男が寺に入って行って縁側に腰をかけて、一人の尼さんと話すのだ。二人が見ている庭に小さい男の子が、蜻蛉《とんぼ》を追っているのを見遣《みや》って、「あの子もなあ、可哀そうな子でなあ」と言うところでおしまい、先《さき》はもう書けないので、おしまいである。おかしくって、なんともいえない。いつか、新潮社のIさんに言ったら、笑い出してしまった。その時、(尼たちの誦経の声がしていた)まで書いた時父が廊下を通りかかって、私が小説を書いていると思い、直ぐ自分の部屋(私の部屋の隣)に引返して母に、「茉莉が小説を書いている」と言うのが、聴えた。深いおどろきと、よろこびの声であった。それがそれきりなので、父は失望したにちがいない。なんということを私はしたのだろう。ほんとうに、莫迦だったと思い、深く、後悔している。自分が莫迦、そのものであったのを感じている。そうして父を落胆させたことが、どれほど哀しんでも、哀しみ足りないのである。子供というものは親を落胆させてはいけない。親を失望させてはいけない。それほどの悪いことは無い。私はその父の失望を考えると、十分でもいい。父が蘇《よみが》えって、私の「恋人たちの森」や、「枯葉の寝床」を、最初の書き出しだけでも、読んでもらえたら、どんなに後悔の、後味の苦しい、胸のいたみが、薄らぐだろう、と思う。もし一時間位、蘇えることが出来たら、そうして「恋人たちの森」と、「枯葉の寝床」とを読んでくれることが出来たら。父は自分の小説が理詰めなので、翻訳する小説は皆、情緒に満ちた小説であった。翻訳も、情緒のかたまりであった。「みれん」の最初の箇所《ところ》で、男が、自分の命が、後《あと》一年であることを告げた後《あと》で、(マリイ、一年というものは長いものだからなあ)と言う。この言葉が、なんでもないようで、ひどくいい。(一年という間があれば、柔《やさ》しい心を交《か》わすことも、二人で公園へ来ることも、公園で音楽を聴くことも出来るのだ。疲れたら家へ帰る、音楽は風が運んでくれるよ)そういうことを、言うのである。「みれん」ほど、病気の恋人と、その恋人を愛する情人の心とを、よく描いている小説はない。やがて恋人は、青白くて、時々少し咳《せき》をする、憂愁をおびた素敵な人であったのに、だんだんに、部屋に熱の香《にお》いが籠《こも》ることも厭《いや》に、なってくる。マリイは一時間でもい い、熱の匂《にお》いの籠っている部屋から外へ出たいと思う。マリイは馬車に乗って公園を一廻りする。接骨木《にわとこ》の花が綺麗で、花のいい香《におい》がする。最後は恐ろしくて、美しい。容態が変ったので、マリイが医者、(男の親しい友達)を呼びに馳けて行く。医者とマリイが部屋に入ると病人はマリイを探しに出ようとして寝台から落ちて、窓の下に、喀血して死んでいる。まだ明るさのある午後の陽が、男の顔の上に、チラチラと動く、色の破片を落していた、というところで終りである。この最後の、男の顔に当って動いている光の描写はもっと、もっと、素晴しいのだが、又直ぐに引越すつもりなので、本が戸棚の中にくくった儘《まま》になっていて、見ることが出来ない。

録音——二つの困惑

去年「父の帽子」という本が出た当時、毎日が愕く事の連続で、私は絶えず愕いていたのだったが、それらはみな幸福な愕きなので、持病の心悸昂進が起きることもなかった。だがそのいろいろな幸福な愕きの中で、私をひどく困惑させたことが二つだけ、あった。それは二つの質問で、あった。

ラヂオの録音で最初の出版と、思いがけない受賞についての感想を訊かれた時の事である。

「森鷗外という名に重圧をお感じになるというようなことが、ございますか」

アナウンサーはマイクロホンを自分の口元に近づけてこう言ってから、それを私の方に向け直した。私のような境遇に生れた人が大抵、父親の名に重圧を感じると語っているので、その人の調子の中にはそれらと同じ答えを期待しているのが、感じられた。もう沢山の本を出している人さえそうなのだから、あなたは尚更のことでしょう、そういう、優しい劬《いたわ》りさえ、感じられるので、あった。私だけが反対のことを言ったら、傲慢なように取られるだろうということは、咄嗟の間にも分ったので、私はアナウンサーの期待の通りに答えたくなった位で、あった。録音機は微かな音を立てて、性急に廻り続けていた。私はその微かな音に怯やかされて、ぼそぼそと、答えた。

「別に重圧は感じないんですけれど」

それ切り私は沈黙してしまったので、アナウンサーは次の質問にかかった。

私は父親と子供とは二人の別な人間だと、思っている。それは当り前のことだが、その二人が何か仕事をする場合にも、二人は関係のない人々だと、思っていた。それに私は世間の人々が、「あの文学者の子供は何か文章を書くだろうか」、又は「何も書かないだろうか」或は「若し書いたとしたら、どんな文章を書くだろうか、父親の名を辱しめない文章を書くだろうか」、なぞと、そんな事を考えているだろうとは思わないので、あった。極少しの、父の文学を愛している人々は、愛読者として子供の名は知っているかも知れないが、今言ったような事は、考える筈がない。世間の人が、森鷗外という人のことをいつも考えているという事も、有り得ないことで、あった。父の小説を読んだことのある人でも、父の事を忘れている時の方が多くて、——ひどく父を愛している人でも、それは同じで、あった——森鷗外という人を知らない人は、無数である。とにかく私はさっき言ったような関心が、世間の人の胸の中に、絶えず去来しているとは思わないので、あった。又たとえ子供達が何か書いても、それがその父の名を辱しめるだろうか、どうだろうか、と、そんな風に、その父親を対照にして批評するような事はないと、思っていた。何と言ったらいいのだろう。私は世間の人というものを、そんなに意地悪な人々だとは考えていないので、あった。従ってそういうものに対して、恐怖や重圧を感じる筈が、なかった。私は何か書く時、父の事を意識していないとは言えない。どんな時でも父のことは忘れた事がないし、父の事を語る文章を書くことが、多かった。書いていて、他の尊敬している文学者の文章を想い出すようにして、父の文章を想い出すことも、あった。だが父の子供だから、父の名を辱しめないように書かなくてはならないと、そんなことを思った事は、なかった。そういう意味で父を意識することは、私にはなかった。

私はこういう風に考えている。父と私とは全く別の人間である。偉《おお》きな父は偉きな父としてやったのだし、小さな私は小さな私として出来るだけのことをすればいいのだ。父がどんなに偉きくても、私は小さな存在なのだ。若しかりに私が文章を嫌いで、商売が好きだったり、家事や刺繡《ぬいとり》が好きだったりしたら、それをすればいい。又何をするのも億劫で、一日のらくらしているのが好きだったら、それでもいい。そういう人間にはそういう人間のいい所があるのだ。——実は私はこの一番後《あと》に書いた人間が本領らしいのである。——そういう人間がはたの人に取って困るのは、偉い文学者の子供だからではなくて、誰の子供でも困るのである。

もう一つ私を困らせたのは、次の質問で、あった。

「これから作家生活にお入《はい》りになるわけですが、それについてなにか」

こう言ってアナウンサーは又マイクロフォンを私に近づけて、待っている。

私は作家という名称と自分とを、結びつけて考えたことが、なかった。作家というものについて平常考えてみた事も、なかった。私は作家というものを眼で見たこともなく、作家生活というものも、よく解らなかった。私は作家というものを、自分自身の書きたい心持に従って、又は編輯者の注文に応じて、次々と小説を生み出して行く(時には長い小説を書く)不思議な能力のある人々の事だと、思っていた。作家というものは私とは別の世界にいる。ひどく遠い存在で、あった。

録音機は無駄に、廻り続けている。私は又ぼそぼそと、呟いた。

「作家ってどんなものだかよく解らないんですけれど……」

そうして、これでは本当に駄目だ、と、私は悲しくなった。どの答えも、まるでお高く止まっているような、横柄な感じである。重圧問題だって、そうだ。人々が――ヴェテランの人々さえもが――重圧を感じると言っているのに、未熟な、始めて本を出した私が、重圧は感じないと、唯それだけぽつりと言ったのでは、何か優越を誇っているように思う人だってあるかも知れない。私はそう、思った。私は録音が済んで、アナウンサーが録音機――私の哀れっぽい声を吸い込んだところの――を抱えて、部屋を出て行ってしまうと、始めて自分を取り戻したが、なんだかぼんやりしてしまっていて、急には自分の答えについて落ついて考える事も、出来なかった。

この妙な答えの事について、私は一時は仕方がないと、諦めていた。だがその内に、何かの機会に私の心持を書いて置きたいと、思うようになった。「父の帽子」を出版してから一年の月日が経って、今度再び本が出ることになったのを機会に、ひどく時期を逸してはいるが、二つの質問への私の委しい答えを、書いて見た。

第六章　父のこと・詩を書く少女

父のその微笑を、私はどれ程素晴しい恋人が
もし出来たとしても、又別のものとして
忘れることは出来ないでしょう。

父のこと・詩を書く少女

実は私は今日こちらでお話をということを伺いました時、お話は全然駄目なので、ずいぶんごじたいいたしたのでございますけれど。お話が下手、というのでなくて、下手という所まで行きませんので、全く駄目なのでございます。それでお話は駄目ですからと申上げたとしましてもどの程度に駄目なのかが仲々申上げてもお分りいただけないので、気が向かないとかなんとなくいやだとかいう気持なのをお話がだめですという理由にしてお断りしたとでもお思いになってはと存じましてとうとうおうけいたしましたのでございます。昔、といっても三十こしておりましたが、長谷川時雨の「女人芸術」という会に入れていただいておりましたところ、たった一ど座談会に出ました時に長谷川氏に発言を求められましたとたんに声が出なくなってしまいました。その時向う側の遠くの方に円地文子氏が、まだやっぱり三十位でお若くていらっしゃいましたが、こちらを見て驚いたようなお顔でいられるのがみえましたのをおぼえております。又日夏耿之介氏の出版記念会の時には、すっかり上ってしまいまして、皆さんのお話にいちいち一生懸命に拍手をしておりましたのが習慣性になったらしく、自分のお話がすむや拍手をしかけて、慌てて止めましたが、この時は向う側に向井潤吉氏や谷口吉郎氏がおられましたが、さぞおおどろきになったことと、あとで冷汗が出ました。こんども講演と伺った時にもう冷やりとしてしまいました。高い段の上に登るのではなく、座っていてもよいとのことでよう〳〵おうけいたしました。こんなに原稿を書いて来て下を向いて読んでおりますのでは、話を聞いたという感じが少しもなく、ほんとうにつまらないでしょうと、ほんとうに悪いと思います。私が人の方へ顔を向けてお話をするのが駄目なのは、一人と一人でも駄目なので、向うが二人、三人になりますと、悪意のちっともない揶揄いをいわれても、顔が曲りそうになって、心の中では泣いてしまうのでございます。この弱さは誰にでも好意をもつ私の性質に拍車をかけていて、全くだれにでもかぎりなく人を好くしておりますが、これは私が父に似たところなので、学問好きのところも、読書家のところも、それによって、知識をもつようになったところも、少しも似ないのに、弱いところだけが似てしまいました。父は軍医をしていて兵舎のことや兵隊の食物《たべもの》のことなぞ、又その他いろいろのことに貢献をいたしたらしく、又、戦争に行ったり、文学活動を起したりいたしましたけれど、家の中にいる父というものは弱いところが現れておりました。自分の母親や妻には勿論、お嫁さんにもお婿さんにも、子供にも、女中達や出入りの人々にも、遊びにくる私や妹のお友達にも心から、やさしくしておりましたが、祖母や母に対する場合にはその弱さのために却って三人とも不幸だったようなところもございました。それで偽善者じゃないかしらんと人に思われる位、好き嫌いも顔に出さないで誰にも人を好くしておりましたが、実は対人的に弱いので、どうしてもそうなってしまうというのが、真実《ほんとう》の所でございました。雑誌社の方とか、お客に向ってはむろん、いやなことがあってもにこにこして、又なにかお頼まれしてそれをお断りするということが出来ませんでした。何か厭だと思ってもいやな顔が気の毒で出来ないので、お断りする場合は母にさせました。それで母という人はもともと正直すぎて損ばかりしている人で、人から憎まれることもよくありましたけれど、その上父の代理でお断り役をしましたのでいよいよ憎まれてしまった感じがございました。父は母にお断りをさせておいて、そのお断りした方に次にお目にかかりますとにこにこしておりますから、母が権力をふるって仕事のことに口を出して勝手にお断りをするのかと思われてしまうこともございました。父は文部省で、かなづかい改正案という、フランスにも、イギリスにもドイツにもないような詰らないことを持ち出しました時（この頃又それが持上っておりますが）その席上でその案を粉砕してしまったような、そんな強いこともいたしますのに。尤も父の場合はそのころの大臣だかなにかのえらい人が廊下で父に存分にやれと励ましたのだそうですから、やりよかったし又やり甲斐もあったと存じますけれど、人力車の車夫だとか、電車の車掌、精養軒のボーイ、店員、小僧などに間の抜けた田舎のおじいさん扱いをされて、鼻で笑われたりしますとすっかり参ってしまって、ひどく口惜しがりひどく怒って、早速本式の英語でお料理を言いつけましたり、十銭のところを五十銭もやって、プンプン怒って車を途中でおりてしまって歩いてかえったり、小僧が笑うと、額に深いしわをよせて唇を強く結び、我慢していました。私はそういう父のようすを見ていて大変に気の毒に思いました。いつかドンキホオテをロシヤの役者がした映画をみましたが、その時チェルカアソフというすばらしい役者がいてドンキホオテをしましたが、家の人に内緒で馬に乗って武者修行に出かけるために夜中長い足を片方ずつ窓から下ろして忍び出るところなぞ、武道にとりつかれた妄想狂の、けれども家柄はたしかかなりの人だったと思いますが、品格のある老人の感じが可哀らしく又可哀そうになるほど出ておりましたし、退屈し切った人の悪い貴族の家につれて行かれて、からかわれているのを知らずに、貴族たちの前で壮重な様子で何か言っている所もすばらしかったのですが、とくに私の印象にのこりましたのはドンキホーテが町で町の人々に笑われ嘲けられるところでございました。私は自分の父の店や電車の中でのようすを思い出してしまいました。そうして映画館の暗闇の中で、一人で腹を立ててしまいました。又その群集の中の一人の若い女がことにその女優がうまくて感じが出ているので、憎らしくってなりませんでした。私の父という人はそういう風でほんとうに対人的には、と申しましても面と向って顔をみて何か言う場合の対人関係でございますが全く弱うございました（手紙や文章の上では別でした）。又父はお話のよく合う文学者の方や歌よみの方や、いろいろの方とお話するのもすきでお喋りの方でした。母とも年中いろんな感想を話し合っていまして、母はよく父と喧嘩もいたしましたが、父との間に会話が豊富でいつもお喋りしておりまして、よく私に「夫婦というものは顔が気に入り合っていても、会話のない夫婦はだめだ」と申しました。お客のある時には父は機嫌がよく母も一寸位は同席してお話しておりました。夏はきまって麦湯が冷蔵庫に一升瓶に二三本、次々にさましては冷やしてあって、それを、シーザーなんかの昔のエジプトの衣《きもの》の縁の模様にある（卓子《テーブル》のへりなぞにもよくありますが）角い渦巻がつながったような、あのもようのある美しい品のいいコップでお出ししました。女の方か子供の時はシトロンというサイダーの一種をこれもよく冷やしておいてお出ししました。妹や弟は麦湯は飽き〳〵しておりましたが、シトロンが出るのを見つけますと、シトロンシトロンと大さわぎをして、母に叱られておりました。シトロンでは面白い思い出がございます。私は十二の時から腎臓病があったので、そのころは腎臓病の人は何でも飲めば飲むほどいいという療法で、牛乳を一日四合、又相の手にはシトロンを飲ませられていて、お腹の中は年中ドブドブいっていましたから、シトロンには全く魅力がなく、どうかして母に知れないようにシトロンを妹に助けて貰おうというので苦心しました。広々とした夏座敷で女中がもってくるお盆の上の牛乳やシトロンを前に、悲しげに座り、妹が通らないかとキョロキョロしていますと、妹の方は捷《はしこ》いのでタイミングよく、そこを横目をしながら通ります。私が手真似で招くと忍び足で走り寄り、アッというまに一合の牛乳やコップ一杯のシトロンを呑み干し又忍び足で逃げ去るのでしたが、私が特に飲んで貰いたい牛乳の方はあまり飲みたがらないのには困りました。妹は交際家で、近所の男の子や女の子、角の交番のお巡りさん等と交際していて、あまり家に居りませんでした。お巡りさんのご馳走してくれる天婦羅そばを上の天婦羅だけ食べて帰って来たり、近所の男の子や女の子を集めて大将になって遊び廻ったりしておりまして、妹の方でも気にしてはいるのですが通りかかることは少のうございました。お酒が出るのは賀古鶴所さんの時だけでした。夏は黒麦酒が一番ミュンヘンの麦酒に近いと申してそればかりでした。冬に賀古さんがいらっしゃると日本酒をおかんをして、海苔を焼いてそえて出しました。賀古さんは遊びもなさるし通の方で、「刺身だの何だのごてごてしたものは酒がうまくない。海苔が一番だ」と仰言ったのだそうです。私は賀古さんがあんまりおいしそうに飲まれるのでどんなにおいしいものかと気になってならず、或日お酒を運んで行く途中で廊下で指につけてなめてみましたら、なんともいえずおいしいのに驚きました。それからは度々ひそかになめましたので、その内にすっかり好きになり、結婚式の時小さなコップに日本酒がつがれたのをみて、ひそかに喜んでおりましたところ何時の間にか父が後に来ていて「おまり、それはお酒だから飲むな」と申したのでがっかりしてしまいました。むろん自分が花嫁だということは承知しておりますから、間違えた振をして一口飲もうとしたのでした。幸い、舅《しゅうと》が私を可愛がって夕飯の時「まりや、一つどうや」と言って盃をくれまして「まりはのめるよ」なぞと申しましたので内心大喜びでした。父はお話の合うお友達とも喜んでお喋りいたしましたが、床屋さんや、近所の人達としゃべるのも大好きでした。父はおしゃれで顔ということに関心が深く、美しい顔、いい顔の人や女の人や子供を見ると、いろいろに批評いたしました。父の父が侍医をつとめていました泉州堺の亀井伯爵の奥様という方が大変な美しい方で、その亀井伯爵御夫妻が巴里からお帰りになった日、新橋（東京駅でしたかしら）にお迎えに参りましたが、帰って来て「上流の巴里の女の黒づくめのなりで又外套も黒の毛皮で素晴しかった。巴里の女も驚いたろう」と褒めちぎったそうでございます。この奥様は美しい上に賢い方でした。私は水野練太郎という方の何かの会の時、父の代理で兄と二人で出席しましたところ亀井様の奥様もおいででしたが、控え室でそっと注目しておりますと、後で父に聞くとそれが向うの交際条理のエチケットなのだそうですが、万辺なく、辺りの人々の顔を微笑の顔でみながら、静かにお話していらっしゃいました。白襟黒紋付が、上品でいて、野暮でなく、顎の西洋人のように角がかった伊太利の貴夫人のようなお顔で何ともいえませんでした。その奥様の黒の洋服姿を一度見たかったと残念でございます。その時は運のいいことに食卓で私の丁度前が奥様でした。奥様は果物の時バナナをお取りになり、ナイフとフォークで一皮だけ剝いて中の身をナイフではすに軽く切り、フォークで召上りました。私は感歎いたしました。それ以後西洋料理におよばれしますと、わざ〱バナナを取って気取ってその通りにし、だんだん馴れてバナナのいただき方だけはそうお恥しくないのです。私は巴里にいっても、上流階級のおつきあいをしましたわけではないので、今だにバナナしかほんとうの食べ方は存じません。父は母のお友達の田中正平氏の夫人も大変にほめており、結婚式におよばれして、母に絶讃しましたそうでございます。この奥様も伊太利の美男のようなお顔でしたが、眼が亀井さんの奥様と違ってなんとも言いようなくいきで、新橋の一流の芸者の写真も見ましたが、とてもその涼しさといきな、いなせなおもむきは夫人にかなうとは私には思われませんでした。父は母や私の顔やみなりも気にして助言しましたが私も七つ位まではいくらか見られましたので、慾目で自慢しましてお客がかえると「今日はオマリがきれいにみえない日なので羽織だけをほめた」なぞと不平そうでした。私はそのころ日によって顔がまるでちがって、きれいな日の方が少ないのでした。父は母に「お前は心の中は世間しらずのお嬢さんだが、顔は世話物のすごい女だからかっきりしたいきなのがいい」と申し、母は黒にねずみの大名縞のお召にねずみ色の無地の半襟、お納戸博多の帯（帯は芯なしでした）黒縮緬の羽織に洗い髪の丸髷というような仕度をしておりました。私はいきなところはなく、父のすきなヨーロッパ的なものが少しあったらしく、着物の時もドイツの雑誌をみて誂えた帽子をかぶり、ペンダントをかけ、毛皮の肩掛とマッフなぞをしたりいたしました。父も母も洗い髪ずきで、どこかへ行くときまると母も私も髪を洗い、私は二つに分けて両方に白の細いリボンを結びました。私は当時女の子は幅広の花模様やしまや格子のをしており、それが羨しかったのですが、母は白やうすい水色《ブルウ》かうすい薄紅《ピンク》、象牙色なぞの細いのを関口で買ってかけてくれ、模様といえば細かい水玉が同じ色で光っている位で、全く悲しい思いをいたしました。父は自分自身もとてもお洒落でした。所謂ふつうの紳士のお洒落ではありませんから、町の人々からは田舎のおじいさんにしか見てもらえませんでしたけれども。父は顔も頭も体全体毎日朝夕二度清潔にしておりました。石けんは競馬石鹼というので美しい競馬の絵がはりつけてある紅いしゅすの切れで包んであって、細い〳〵金の紐で結えてありました。髭はアルコールランプの上にパーマネントのないころ私たちが髪を縮らせる時使っていたような鏝の細いのをかざして、上の方へ巻き上げてくせをつけ、とてもいい感じでした。軍医の軍服が好きで又よく似合いました。一寸緑がかった暗いカアキ色に、襟のところが暗い緑で釦《ボタン》は光らない鈍い銀色で、それが、浅黒くてドイツの詩人で軍人というようなそんな男のような、蔭の深い、微笑の美しい顔にぴったりしていて、大勢の人のいる中で私をみて微笑いますと、満座の中で美しい夫人かなにかにひみつでそっと微笑う男のような、扉の影でひみつの恋の微笑をする男のような、感じの蔭のある、すばらしい微笑なのでした。父のその微笑を、私はどれ程素晴しい恋人がもし出来たとしても、又別のものとして忘れることは出来ないでしょう。

母という人はまじめ一方の人でした。或日女のお客があってお帰りになってから、父が「今の女は俺にある眼をした」と申しました。「眼ってどういうんです」と母は明らかに光る正直な目をして不審そうに聞きかえしました。すると「つまり、あなたがよろしかったら遊びましょう、という目だ」と申したそうです。父は女の人がそういう目をする男であり、自分もしようと思えばどんな場面にでものぞむことの出来る男だったのだと思います。それで浮気ではなくて、とても素晴しいと思います。たしかにシュニッツレルの「恋愛三昧」のフリッツを、父にあてはめてみると、ぴったりな位で、昔クリスチイネに自分がなってみたいと思った位でございます。そうして、凄い奥さんが別にあって、そのために苦しんでも、決していやではないと、私ははっきり思ったのです。ウヰンナの春の、にわとこの花の並木が咲いて、町中に匂いわたっていて、竜騎兵の渋い黄色の軍服の若い父と、白いモスリンの質素な夏服をきて、淡い象牙色のタフタの巾広のリボンのついた巾広の帽子を手にもったクリスチイネの私とが、馬車に乗ったり、父の部屋で女のお友達や父の友だちの軍人とお酒やお菓子の宴会をする。考えても素晴しいのです。凄い奥さんのことでやきもちをやいても、軽く紛らわすだけで、それでも二人でいると空がそっくりかぶさってくるようなのです。凄い奥さんのことで奥さんの夫と決闘をしに行く前の晩私のいる屋根裏の部屋へ上って来て、ランプを手にもって、壁の画や花を一つ一つみて歩くのです。そうして花瓶に造花のあるのをみて「造花というものはきれいにしておいても埃がついているように見えるものだ。これからは俺が……」といいかけて、ふと黙ってしまいます。決闘で死ねばもうこの部屋には来られぬと知っているからです。そこへ友達のテオドルが来て、私を部屋にのこしてフリッツの父をつれて出て、「君、今日は今頃はもう寝ていなくてはいけないのだ」という。そうしてそれ切りフリッツは死んでしまう。私はこんなことを考えた程、軍服を着た父を美しいと思っておりました。父はこんなことを言っていたことがございました。「人間の皮膚というものは不潔で悪い匂いのするのは勿論いけないが、香水なぞをつけたのもいけない。上等の石鹸で洗って清潔で無臭なのがいい」私はこのごろポンジイの乳児用の石鹼というのを発見しましたが、品のいい薄いオリーブ色で透明な浮き出し模様の紙に包まれていて、手拭を洗っても上品な匂いがのこります。私はそれは顔と手を洗うのに使っておりますが、父が今いましたらきっと気に入ると思っております。私のおぼえておりますのはもうかなり年をとっておりました時の父なのでございますが、顔の色はイタリアの美術館でみた油絵の僧侶の顔のような、淡黄のところに幾らか紅みがあり、手は淡黄に深くは切らないまっ白な爪が美しく、いつも手に持っていたハヴァナの葉巻の焦茶色もきれいでした。軍医の軍服に白銀色のサアベルを吊り、軍服と同じ色の長いマントを着、長靴をはいて玄関に下りるとサアベルの先きが靴の拍車にさわってカチャリと鳴るところもすてきで、黒のエナメルに緋のウウルの裏のサアベルを吊る紐で腰にサアベルを吊る手つきもいきでした。夏は白いちゞみ（この布は今あまり売っていませんが木綿でちりめんのやうになっていて、女の人の浴衣にもあって、さらさらとして気持のいい生地でしたが）のシャツとズボン下（これは軍服の下着で、長袖の袖口とズボンの足首に細いくけた紐があってむすぶようになっておりました）を毎朝髪も顔も洗い、競馬石鹼で全身拭きましてから、キチンと着て、これも淡黄の美しいはだしの足で綺麗に掃除のされた畳をふんで縁側へ出てしゃがみ、朝もやの中からにじんだように雁皮という美しい樺色の撫子《なでしこ》を大きくしたような花や、蓼、紫陽花、花魁草、蛇眼草、ヂキタリス、檜扇、ちょうちく草（これは一寸変で子供の時の聞きちがいらしいのですが）なぞがぼんやり見えている庭の方に目をやりながら、楽しそうに新しい葉巻に火をつけるのでした。その下着姿は又とても清潔で、よく似合いました。その姿でお客の前にも出ましたが、ヨーロッパに長くいた人としては考えると大変エチケットに反しているようでございますけれども、又事実エチケットに外れておりますけれども、手首も足首も先の方まできちんと紐で結んであって、失礼でございませんし、又そのシャツは何枚もあって、毎日洗濯させていますのでまっ白ですし、父の美的感覚から言って気に入ったらしく、特別にこれなら失礼でないと自分できめたらしいのです。又一種独特のお洒落の父はその姿が自分をひどく清潔に美的にみせるので好きでならなかったらしいのでした。永井荷風先生もうちの二階に来られた時の父のことを日和下駄の中に「日曜日にうちでごろごろしていた兵隊さんのようなシャツとズボン姿で気軽に入って来られた」と書いていられます。シャヴァンヌの壁画のようなところのある父のシャツ姿は、きれいで、蚊いぶしの鑵の錆びたのの上に新聞紙を一杯のせてそれを枕にごろ寝をしている父は、私の思い出に美しく残っております。又父はお座敷にごみが落ちていたり、要らないものが出ているのが嫌いで、子供のころの千駄木の家の畳は庭の青葉の影がうつる位きれいでしたので、源氏物語の挿絵なぞで何もおいてなくて小さい机とか人の読んでいる双紙位しか出ていない部屋をみますと、立派さはくらべられませんが、千駄木のお座敷を懐しく思い出します。私達がビスケットの粉なぞをこぼしますと、鷹の羽の根元を竹の皮で巻いた羽箒木で紙の上に掃きとってその紙の四隅《よすみ》をもって台所まで捨てに行くのでした。自然母も、子供もあまりちらかしませんでした。夏なら団扇と灰皿、冬は火鉢と灰皿、それに父のよみかけの本が一冊、そんなものが置いてあるだけで、母がよそから帰って来たばかりの時脱いでそこにおいたヴェエルがふわりとある位のものでした。子供の何かして遊ぶへやは別でちらかっていることが始終でしたが、父は「整頓、整頓」と言いながら、その部屋に入ってまいりまして「先ず一つのものから順に片づければ山のようなものでもすぐに片づく」と言いながら先ず鉛筆を一本一本拾って筆箱に入れ、折紙や何かを一枚一枚揃えるという風にして忽ち片づけ、紙の切り屑を最後に集めて新聞紙にとって持って行くのでしたが、その落つき払ってしずかに一つ一つ片づけるのが私達にはなんとなくむず〳〵していらいらするようでしゃくにさわって来て、又ちらかしたことが、ひどく恥かしくなる感じで悲観しました。私は片づけたくない方でよく母が「あんなに整理整頓と言っていたパッパの子が一体どうしたんだろうねえ」とよく申しました。この先ず小さなもの一つから片づければ直ぐ山のようなちらかったものも片づくという言葉とそのやり方はやっぱり父の仕事や勉強のやり方だったのだと思います。

怠けもので片づけない人の中にも、何かがよく出来る方もあるので、そういう人々にとっては、父のこのやり方がしゃくにさわる感じがあって、鷗外は一晩にわらじを百足作るなぞと申されることもございました。又私なぞが学校の勉強で分らないところを聞きに行きますと、そこだけを簡単に教えてくれるということがなくて、まじめな顔で「まず」といって二頁も前のところから委しくゆっくりと説明してくれましたが、それもじれったいような気がして私たち子供にはいやがられました。これも多分、父自身の勉強のやり方なので、面倒がるということが少しもなく徹底的に委しくなにかを調べておりましたのでしょうと存じます。漢字の間違いやかなづかいの間違いにとても気むずかしくて、子供が間違えますと「それはまちがいよ」「それはうそ字よ」と申しまして、いちいち直しました。それだけでなくて、そういう時の言い方に、深く怒っているような気勢があって、何もそんなことがそれ程大変な、大切なことだとは解らない子供には、とてもうるさくて、そのようすや顔や言葉つきの中に、底深い怒りがあるのがなんとなく伝わって来て、とてもうるさく感じられて逃げ出したくなってしまう感じなのでございました。私は日本人でいながら国文も漢文も、女学校でいたしましただけで、それも試験の為に一生懸命にいたしましただけでございまして、何も解りませんけれども、この父の国語をこわさないで大切にしようとしているために抱いていた怒り、私達子供がうるさくてたまらなくなったほどの怒りのようなものを、フランスやドイツやイギリスなぞでは政府のお役人が抱いているのではないかと思いますと、なんともいえなく情なくなってくるのでございます。そうしてもしフランスが日本のようでしたら、海や森や船や月星机皿、すべてに男性と女性があって、海がどうして女性なのか、森がどうして男性なのか、皆目解らない、ああいうはんざつさなぞはとうの昔に、改正されて、無くなってしまっているでしょうと思いますが、海がラ・メエルであり、森がル・ボアであることが、他のいろいろのむずかしい文法なぞと一緒にフランス語の美しさなので、それを変えて、喋るパリジェンヌなんか考えても悲観なもので、私の大好きなフランス映画もそうなってはみすぼらしいものになってしまうのだと思うのでございます。父はフランス語の発音なぞもやかましくて、朝そのころ神田にございました、仏英和女学校（今の白百合女学校）に行く私は陸軍省に行く父と一緒に電車で途中までまいりましたが、よく白山上の電車の乗り場まで歩いて行く途でその日の暗誦をやらせられましたが、私が月が出ましたというのでラリューヌ　ア　パリウと申しますと「そうではないウ　リューヌ　ア　パリュウ」とまるでフランスの舞台の古典の芝居をやる名優のように、一つ一つ正しい発音でとても壮重に大きなこえで申しますので人々はふりかえり、恥しくて困りました。もっとも父のフランス語は今になってその発音を自分で言ってみますと大へんにドイツ語の発音に近くて、すばらしいフランス語とは申せないようでございます。父の外国語の発音には（英語の発音は聴いたことがございませんが）ずいぶんドイツ語の発音が入っておりましたようでございます。或日、ドイツにいた頃の知り合いのドイツ人が父をたずねて見えたことがございました。私が父のへやへ行きますと大きな背の高い外国人が父のへやの敷居際に立っていて、父も立ち上ったと思うと気狂いになったのかと思うほどその人と握った手を大きく上下に何度も何度もふりまして、Hの音が非常にアクセントの強い、吼えるような外国語で息つく間もなく喋り始めましたので、びっくりしたことがございますが、その時だけでなく、父がドイツの本を声を出して読んでいます時でも、Hの音のつよい父のドイツ語は、ドイツに行ったことのない子供にも、本ものらしく聞えました。私は十八の時ヨーロッパへ行き伯林につきますと、忽ち駅のところでもう父の言っていた言葉が氾濫しており、父のもっていた雰囲気をもった人間もみちていて、全くおどろきました。父の顔はもと〳〵カイゼル皇帝の顔でドイツ人の感じなのでございますが、八年もミュンヘンに居りましたので、一層ドイツ人に似て来ましたようでございます。夕方町ですれ違うドイツの軍人も、コーヒー店でココアを飲む人も、私に父を想い出させるのでした。ミュンヘンの鉄板をくみ合せた天井の高い、煤けた駅に下りました時は、涙が出て困りました。その時はロンドンで父の死を知った直ぐ後でした故《せい》もございましたけれど。又父がその酒場で、ファウストの最初のところを訳したというホツフォブロイの酒場に入った時も、父がよく来たと言っている声がしたように思いまして「ホツフォブロイの酒場でよく来たと云う父の声を聞いた」という意味の下手な和歌を作りました位でございました。父はヨーロッパが好きなので、子供をヨーロッパへやりたいという願いは大きく深くて子供たちの名も、大きくなってヨーロッパへ行った時に向うの人にすぐ覚えられて親しまれるようにというので、兄の名はドイツの名のオットウ、私と妹と弟はフランスの名でマリイ、アンヌ、ルイとつけた位で、幸い兄は留学いたしましたし、私は結婚したばかりの時、夫のあとから一年おくれて、その時留学することになった兄と一緒にまいりましたし、妹のアンヌと弟のルイも、父の全集が二回位出ましたおかげで、そのころ病身になっておりました母の留守番というギセイを払いはいたしましたが、二人で二年行き、兄の留学は前として皆まあ曲りなりにもちょっとですが、ヨーロッパの風にふれてくることが出来ましたのは父ののぞみがかなったことでとてもよかったと存じます。中でも私が行きます時は、当時大正十二年の三月で、父はその年の七月に亡りましたのでもう萎縮腎が出ておりましたが、父は弱った体で私が行けるようにと人を訪問したり奔走してくれました。夫の父という人は横浜のイリス商会という貿易の商会の小僧から、一代で何百万という財産をきずいた人で、明治時代の支那の偉い人のような太い八の字ひげをはやしており、偉い男だということは一目に分る関羽のような感じの人でしたが、そういう経歴の人でしたが、出は士族のためか漢詩をつくり字もうまく立派で、私は夫より舅の方が尊敬出来た位でした。その頃の十七で、お嫁さんとしても細君としても嫂としても全く西も東も分らなかった私をマリやマリやといってやさしくしてくれまして、夫が巴里へ発った時、東京駅で私が一応は袂で顔を蔽いはしましたものの、まるで子供のような手放しの感じで大泣きに泣きました時には、その帰りに好きな西洋料理を食べさせてくれ、留守中にはたくさんのお小遣いをくれ、又今なら五千円位の肩かけや、二十万円位の珊瑚の五分玉のかんざしを買ってくれたりして慰めてくれました。又巴里で会ったよその奥さんが私のことを馬鹿のような人だと誰かに仰言ったことがどこかから伝わりました時、怒って、「マリが馬鹿か馬鹿でないか、マリが俺のところへよこした手紙をその奥さんに見せてやれ」と言って大そう怒ったと、夫の妹からの手紙で知ったこともございました。それ位私のぼんやりでも悪気のないところを認めてくれて、かばってくれた人でしたが、実業家でその位になる人ですから、無駄なお金は決して使いません。それで夫のフランス行きはいいのですけれども私までは行くことはないと思っていたのです。又事実自分のお婿さんの一人が私たち夫婦と丁度同時に巴里にまいりましたが、その細君である自分の娘に洋行のお金を出しはしなかったのでございます。それで私の巴里ゆきには反対でした。それを父が夫と私の味方をして、郵船会社に知っている方がいらっしゃいましたのでその方にお頼みして、船の部屋を予約してしまい、その足で舅をたずね、夫の意見である「若い時に夫の見たものをなんでも一緒に見ておかないと、老年になって片方の見たものを片方は見ていないのは話もつまらない」という意見が自分も賛成のことを長い間一生懸命説きました。でも船の部屋がとってあったのですから事後承諾の形で、まるで舅のお金をたくさん使わせて、私を巴里に、それも無理やりにやらさせたという感じでございました。父はその時、「俺は生れて始めて悪いことをした」と母に申したそうでございます。そのことは私の父が夫を愛していたからでもありました。夫は父にマリをよこすようにしてくれとたくさんの手紙を父に出しましたのでした。私が心の中で夫の発つ時から自分も行きたいと思っているのがよく分っていましたからでもございましたが、父にヨーロッパへの愛情があって、私にどうしてもヨーロッパに行かせたかったのもございます。ヨーロッパびいきは大変で、まるで自分の国を自慢する人のように何につけてもヨーロッパはいいと申しました。「もう一度ヨーロッパに行きたい」と言っておりましたが、そのころは一生に一度行けた人は大変な幸福なので、二度もは行けなかったので、ほんとうに可哀そうでした。ヨーロッパでは運転手でもガルソンでも父のお洒落をわかって、美しい男、又は老人として通りますし、そんなことは別にしましてもたしかにヨーロッパというところは勉強するのにも、楽しむのにも大変にいい空気がございます。日本では、新聞やなにかに名が大きく出ると、文学の人でも画の人でも尊敬しますけれど、そうでないとなんだか何をしているのか意味がないような感じに思われ、書くためには一日ぼんやり町をうろつくことも勉強なのですが、ブラ〱してるように思われてしまいますが、ヨーロッパでは労働者もカフェのガルソンも、画を勉強しているというと「よく勉強しろよ」「きょうもこれから写生かい」と言い、知らない人も目顔で、そういう言葉を言いかけたいような微笑をいたします。父でなくてもだれでも憬れますけれど。父は欧羅巴があまり好きでございましたためでしょうか。和文も漢文も外国語と同じ位大切にして勉強して、深く入っておりましたのに、風貌にはどこにも日本的な、漢文をよくする人らしい雰囲気が見られませんでした。父の西欧文学の飜訳の文章や、小説の中でもたとえば例を上げますとロダンと花子を書いた小説なんかそういうものの文章がひどくきれいで、白い、まだ空気の中にあるごく微かな塵さえもついていないようなまっ白な、香りのすばらしい花、白というよりすこし淡黄のまじった、象牙の色のようといった方が合っておりますが、そういう花を見るようで、なんともいえなく綺麗なのも、私漢文を勉強していてその時の気分にもっとも合った美しい漢字と美しい大和がなをまぜて使ったからだと思うのでございますが、それほど和漢文を大切にして勉強し、支那の和とじの本が山のように廊下に積んであったほどでしたが、父の顔の感じ、ようすなぞにも、又服装とか持っているステッキとか、又書斎、その机の辺りに漂うものの中にもほんの少しの、日本的な或は中国的なものがありませんでした。よく漢文の先生の部屋に漂っている空気、たとえば古い支那の壺に老梅とか梅が生けてあったり、巻物がかざってあったり、机のつくりとか、座蒲団とか、又は白い長いあごひげとか、そういうものがかけらほどもなく、机こそ白河楽翁公の机に模した、小さい経机のようなのを造らせて使っていましたが、そのたった一つの父の身辺での漢文的アクセサリイも、全く父の西欧的雰囲気の中に溶かしこまれてしまって、日本的な感じはしませんでした。父位、日本を愛しているのに一切の日本的なものをあまり好きでなかった人はないような気がいたします。（続く）

父のこと・詩を書く少女（二）

　そこで、そういう風にすべて生活の色がヨーロッパ的なのでございますが、感情のこと、愛情のことでは西欧的な色の濃い、激しいものはなくて、若い時からミュンヘンで恋愛をしたときでさえ東洋的に淡いものは根底にあったような気がいたします。母は父の淡々としたようすをみて、パッパは自分でなくても誰でもいいのらしいと感じ、物足りなく思ったらしゅうございます。たとえば嫉妬のようなものも小説の「麻酔」の中には淡々とにせよ出ておりますものの、あれは小説で造りましたもので、実際には小倉時代にたった一ど一寸あった、それも軽いものだったそうでございます。父は小倉時代に安国寺さんという坊さんと大へんお親しくしておりましたが、その人は仲々素晴しい人だったらしいのです。母も父と同じようにその方を尊敬しておりました。或る日、父のことではないのですが、父の母、つまり母の姑やなにかのことの悩みを、あの偉い、安国寺さんに聴いてもらって何か一言いってもらえば、心の雲がいくらかは晴れるのではないかしらんと母が考えて母としては、全く単にその意味だけでしたが、或る日安国寺さんの住居を訪ねて、一寸の間お話をして帰りました。すると父がもう「これからはそんなことはしない方がいい」と、いくらか不気嫌に申しました。母は恋愛なぞというものは頭では解っていて、又父をも恋しているといっていい程慕ってはおりましたが、全くそういう方面はお人形のような女《ひと》でしたから、なんという意味もなくおたずねし、恐らくきちんとした若い侍のような美しいかおで切口上でお話をして帰ったのでしょうが、むろん安国寺さんの方は新婚の美しい母が、しんから悩んでいるのが底の方にはっきり見えていて、一生けんめいに切口上でお話した姿をみて、多少は美しいとか気の毒だなあとか、ほんのいくらかは恋愛とはいえないまでも同情の感じはあったかも知れません。安国寺さんのような立派な人は、母が所謂よろめきたい気分なぞを少しでももっていて行けばかえって魅力を感じなかったでしょう。（これは立派な男の人でなくっても同じことでございましょうが）けれども母が全く無心だったことは私にはよく察せられますし、又父にもそれは解ってはいたと思います。母は父も喜んで「それはよかった、どう言っていた」ときいてくれると思っていましたので、一寸びっくりし、そのことをあとで実家の父、（母のさとの父は荒木博臣といって裁判官で、これが又私が父とどっちかと一時迷ったほど素晴しいかんじの人で父とどっちかというほど私を可愛いがってくれました）に、一寸そのことを申しましたら、祖父が「それは林太郎さんのしっとだ」と申し、母は又大そうびっくりしたそうで祖母も「林太郎さんのような人でもねえ」と申したそうでございます。母は私に一生に父の嫉妬のような影をみたのはその時きりだったと申しました。そういう風で、母がよく「私は離縁をしてあなたのように偉くなくてもいいから、実業家でもいいから、私でなくてはならないと思ってくれる人のところにもう一度嫁ぎ直したいものです」なぞと笑いながら言いますと、父は「まあ、それは止めた方がいい、お前のような我儘な女を喜んでおいておくやつはいないから又離縁をして俺のところへ来ることになる。そんな面倒な手間のかゝることは止めろ」と申しましたそうでございます。笑いに紛らしながらもしんからの不満をぶつけた母も、のれんに腕おしのかんじで笑うよりなかったと申します。私にたいしても幼い時から全く、女の人に溺れるような感じで愛して愛していくつになっても膝へのせて「くっくっくっ」と機嫌よく笑っておりました。それが私が夫と婚約しました時からぴったりと水道の栓をひねったように、その浴びせるほど注《そそ》いでいた愛情をとめてしまって、私はそのころどことなく今までと微笑も、ようすも、言葉も、ひざにのることも、すべて同じなのにどことなしにこちらを向いていた人がかすかにかすかに横をむいたようなかんじを受とり内心ひどく悲しみました。それは母も気づいて「どうしたのです」ときゝますと「もうおマリは珠樹君のところへ行くのだから珠樹君に一日も早く懐かなくてはいけない。俺はわざとそうやっているのだ」と申しました。そういうことは仲々そう思っても出来ないものでございましょう。そうかといって私への愛情は全く変っておりませんので、私が巴里に発つ日には私のかえらない内に死ぬということが解っておりましたためでございますが、寂しさと哀しみとで顔が苦虫をかみつぶしたように固くなり、私はなんとなく横をむいたようなかんじになった父を恨んでおりましたのが東京駅で、その顔をみた時自分の思っていたのとは正反対に、却って自分が父を苛めていたような、哀れな父をとりのこしてそれもつきとばして夫のところへ去って行く鬼のようにかんじ、なんともかともいいようのない思いが胸につまって来ました。その時の心持を思い出しますと今もなんともいえない心持になります。そういう風に冷たいのではないのですが、感情を理性で律するところがあったのでございます。母が「たしかにパッパはマリちゃんがパッパにあまり自分に懐いていては結婚が不幸になるからという心持でそうしたので、お腹の中では変らなかったろうし、パッパ自身も変らないと信じていて又事実変りはしなかったろうけれども、どこかに今日からはこれはもう俺のものではない。という、きっと締めてしまうような、さっとはなれてしまうような、淡々とした気もちのようなものもあったようだ」と申しておりました。私への感情生活を整理して、こんどは家にいる子供だけに集中しようというような理性でございます。そうかといって、東京駅の苦悩の彫りつけられたような顔をみましても、私の一生に一度の楽しい、わずかの間のヨーロッパ生活の中に、一滴の哀しみの水もおとしたくないと思ってキトクになっても死んでもしらせるな、と母に申しておりましたことをみましても、（世間のしきたりで止むなくしらせましたが、父の心持の通りにすれば私にはかえるまでしらせないつもりだったのです）。深い、烈しい愛情もございました。そういう説明のむずかしい、淡々としたものと、熱いものがまじり合っていて、一寸表面だけでみている方には解りにくくて、冷淡だとか、心臓がないようだとか、いう風にもみえたかと思われます。そばにいて育った私さえ一時は嫌われたのかと哀しくなった位ですし。父は理解して下さる方も多いし、文学も多くの方に愛されておりますけれど、なんとなく説明出来ない空気のうごきのようなものの中で、一部の人にはいくらか嫌われているような感じも、私にはどこかで受けとられるのでございます。私は最初の恋人の父のことなので、それがひどく情けなくかんぜられるのでございます。感情的になって荒々しくなることや、文章の中でも、色のこいものが出ることを父は一種の好みでもきらっていて、水のように淡く、又白い花のように、と思っていたのだと思います。「聖人の交わりは淡くして水のごとし」という支那の人のかいたらしい掛物をすきでよくかけておりました。話は変りますが、父は前も申しましたように、私や妹のところにくる子供なぞに大へんやさしくいたしましたが、その中でも何かにすぐれた子供とか、とくべつに面白い感じのある子供とかには、興味をもってよく、いろいろに母なぞに批評しておりました。父に気に入った子供たちは、いくらかは幸福でございましょうが、私のようなものに可愛がられてもつまりませんが、私にも一人仲よしにしている少女がございます。実は、私は今日こゝでお話をすることになりました時、父のことをなにかとのことでございましたが、父のことはもうあんまり本にも書いてしまって、一つもないように思い困っておりましたのに、わりにいろいろとお話が出てはまいりましたが、はじめに何もないと思って、困っておりました時、室生先生に一寸申上げましたら「みいちゃんの話をなさい」と仰言いました。みいちゃんと申しますのは十三と二ケ月になります田中みささんという私の仲よしのお友だちなのでございますが、そのみいちゃんがこの間、詩をつくって私に見せました。私は詩が解りませんのですけれども、どうも大変いいように思われましたので室生先生にお目にかけてみましたら「十三でこういう感じ方をするのは……」と仰言り、私も大そううれしかったのでございます。それで先生が「みいちゃんの話をして、最後にみいちゃんの詩を二どくりかえしておよみなさい」と仰言ったのでございます。私は今みいちゃんを可愛がっていると申しましたが、可愛がっていると申しますと体裁がいいのでございますが、事実を申しますと可愛がっているというよりは、対等のつき合いなのでございます。五十をこしても私は何か考えて、一生けんめいになって書きます時の外は、全くの十四才で、どうかすると子供の域にまで後退してしまうのでございます。みいちゃんと丁度いい仲まなのでございます。四月二十八日で、十四になったばかりの田中みさをさんという少女（今日も私の下手なお話をきゝに来てくれておりますが）と、私はいつも対等の心持で喋ったり、ふざけたり、しており、あの人はいかすとか、この人はいかさない、とか全くお話にもなんにもなったものではございません。おふろに誘い合ったり、十円のお菓子をごちそうし合ったりで、みさをさんの家では、一体何を話しているのかと、不思議がってみいちゃんにたずねるそうでございますが、そんなにして夜中迄しゃべっております。去年の冬なぞは二人ともクロスワードにこって一ケ月あまりもお互いにクロスワードを作っては、とき合って遊び、みいちゃんのお兄さんが「一体何をやっているんだ」とみいちゃんにきゝ、みいちゃんが二人のクロスワードをみせましたら「へえ」

とびっくりしたのでございます。今では田中さんはもう原町田の方に越されましたが、同じアパートのすぐそばのへやに田中さんのへやがありました時には、みいちゃんは、お米をとぐ仕度をしかけてはそのおなべを上り口に放っておいては喋ってしまうのでした。みいちゃんはお母さんも勤めに出ていられ、きょうだいは兄さんばかりですので何度にも分かれる夕飯も一人でやって、ごはんを又たき足したりして、大変によく働きます。その忙しい中で私の可愛がっている黒猫のジャッポにお魚をとっておいてくれましたり、私が勉強で忙しく自分はパンにしましても猫の御飯に困っておりますと、猫のための御飯をくれたり、私のエプロンや、大谷藤子氏（この方はコーヒー店でお親しくしていただいております）のエプロンまで縫ってくれます。そういう間で無二の仲よしでございますが、田中さんの家ではいい迷惑で自分の娘が五十をこした女の人とまるで、二人の少女のように大さわぎをしていて、向うの方にいるやかましい奥さんたちは眉をひそめていられますし、田中さんでは、兄さんのお腹はすき、ごはんのあとのお皿なぞは、いつまでも片づかず、いつも〳〵「みさ子」「みさ子」と声を枯らして、呼び通しにしなくては何一つ片づかないのでございました。田中さんのお父さんもお母さんも兄さんたちもやかましい方ではなく、私の感じもよく理解していて下さいましたけれど、そうかといって困ることはやっぱり困るわけでございました。みいちゃんの面白いところは、年のいかない少女なりに、実に気性のある子で、又頭が鋭く、よくあるような一寸利こうな少女というのではないのでございます。一寸ませていて大人の女のいろんなことも、家々の事情なぞも一人前に分る、という少女は世間にざらで、私の子供の時のような、又今の私のようなぼんやりとしたのを探す方が骨が折れますが、みいちゃんのはそれと一寸ちがうので、私のような変りものの、卵なりに、文学でもやろうという妙に神経質な、又妙にぬけた、一種の人間のアパートの人々なぞへの感じ方、感想のようなものがぴん〳〵ひゞくように分って、ものは半分言えばもう返事をするので、早口の言葉と言葉とが途中でいつもこんがらがり、やっとそのこんがらがったのがからんだなりに分って、話が一段落つくと顔を見合せ、しんからの同感の笑いが爆発するのでございます。そうして、空々しい口先ばかりで何か言ういやな奥さんの、空々しさが音になって鳴っているような、いやな声の不ゆかいさなぞも、私と同感で細く分り、大人の女の人でも欺されて、そんな奥さんを優しい人だと信じ込んで、頼りにしている人があるのを二人で笑ったりいたします。これはもう私にとって、決して失くしてしまうことの出来ない生活の中のよろこびで、越してしまっても会っておりますし、これからも又長くつゞけたいと思っております。私の方では親友のつもりでおり、又向うでも仲よくして下さる室生朝子さんや、これもこちらでは親友のつもりで、向うも仲よくして下さる萩原葉子さんといういいお友達があり、実はこのお二人が、今日も来て下さっておりますが、このお二方が、私のお友だちだということで、私が日本詩人クラブという今日の会の席にお話しに出ることが何かふさわしいことに思われてくるのでございますが、そうしてその室生朝子さんや萩原葉子さんのようないいお友達が、このごろになって急にお二人も出来、幸福に思っておりますが、なんといってもお二人とも書くことをしていられ、お暇の時しかお話出来ません。とめどめのない愉快なお話と爆発する笑いはこの方々とでも大変でございますが、それでもそう年中夜中まで笑うというわけにはまいりません。それがみいちゃんとは、ついこの三月までは出来て全く幸福だったのですが、みいちゃんも、このごろは室生さんや萩原さん以上に、たまにか会えないようになってしまいました。みいちゃんとの会話は、お二人との会話にまさるとも劣らない面白さで、むろんもっと子供らしいのですが、とても楽しいので、田中さん一家が越されて、せまいアパートのおへやより、広々とした畑を見わたせる、お庭もある一軒の家に越されたことを私はご一家のために喜んでおりますし、「みさ子」「みさ子」とよばれずにすむようになったこともよかったとは思いますけれども、一寸悲感しております。何かあるとみいちゃんにいって同感してもらいたくなるので手紙のかき通しで、町へ出ても、一寸このお菓子を買ってかえってみいちゃんとお茶を入れたいと、思うことがよくございます。又みいちゃんのゆかいなところは、私がチョコレエトなぞを箱ごと上げたり、ぽきんと折って分けたりする時は、たゞふつうにたべてしまいますが、ちゃんともちがしなぞを買って、熱いお茶を淹れましょうというと、俄然、お皿やお盆をそろえ、むろん現代の子供ですからふだんはお作法式にしずくとなんてやっておりませんが、その時にかぎって、ちらかしたきたない部屋のゴザだけきれいな、そのゴザの上に短い洋服できちんと座りこみ、土瓶をもつ左手に一寸右手を添えて、とても淑《しと》やかにお茶を注ぎ、私にもベットから下りて、座るようにと言い、冬ですとなけなしの座蒲団も二つしいて、とても楽しそうにたべるのです。又小さな、簡単なサロンエプロンをたのんでも「たのむわ」というと俄然張り切って、たゞの四角いエプロンなのに、新聞紙を張り合せて、「型紙をつくらなくちゃあ」といって、朱の鉛筆で大きさをとり、ポケットも別の紙に形をとって製造にとりかゝるのでございます。それでいて、やっぱりまだ子供なので家へもってかえって、その内飽きてしまうと、何ケ月待っても仲々出来上らないのでございます。お料理も仲々味つけもおいしく造りますし、引越しでもうお別れの時には、鮪のお刺身の自分で切ったギャギギャギの をお皿にもり、わさびをまん中にたくさんのせ、鯵が私としゃべったため黒こげになったのと御飯もたいて運んで来て、お別れの食事をしました。お父さん思い、お母さん思い、その上兄さん思いで、なにかの時チラリと、私はその少女にしては深い、又いかにも少女らしい感傷を含んだ心の府をのぞきみることがあり、私がこの子のおばさんだったらと、ふと羨ましくなるのでございます。学校の手工なぞも私の部屋で一しょに造ります。私も夢中になって人参の切れはしやコカコラの栓や、銀紙の玉や、洋傘の柄にチョコレートをねり固めたお菓子の柄の、透ったすみれ色のや、薄紅や薄みどりのもの、口紅のふたや、いろ〳〵出しますと、それを枝にぶら下げ、まったくすばらしいオブジエをつくったりしました。全くガラスの箱に入れていつまでもとっておきたいような、ネオ草月流のオブジエでした。又みいちゃんと私との楽しい日々はアパートの向うの方のへやのあまり感心すぎる、なんでも出来る奥さんや、いかにも日本人的で他人のことにいち〳〵目を光らせる奥さんたちには愉快でないらしくみえます。これは日本人の癖で、少しでも、しんから底から楽しい人々をみると、それが自分の生活になんの関係もないのに不愉快を表わすのですが、それは多くの日本の人々の中に昔の、人間の生活というものはいろいろ自分を犠牲にして苦しむものだという考え、楽しむことは罪悪だという思想が、しらずしらずの内に、まだ根底にひそんでいるからのように思われます。そういう人々のために私とみいちゃんとは、却っていよ〳〵

親しくなった感じで、別々にアパートを出ては一しょにしめし合せて、買物やたまには映画にも行くのでした。そんな風で、宿りがけの修学旅行から帰って来ても、お父さん、お母さんが昼間はいなくて、兄さんたちもいなかったり、又男の子は、「どうだったかい」なんてきいてくれませんせいもありますが、まず私の部屋に荷物をおいて、すべて、旅館のおかずのことから何から、話してくれます。ではずいぶん長いことつまらないお話をいたしましたが、最後に田中みさをさんの詩を二つよませていただきます。

畑

ガラス戸をあけたら畑が見えた
家の中の光が畑へふりそそいだ
畑が夜つゆにぬれてひかっていた
さわってみたらポタポタと
おちたように私の耳に聞えた

家庭訪問

ガラガラ　玄関があいた

ドッキとした
先生が玄関にニコニコ笑って立っていた
私も笑った
おかしくなかった
変に気持がおちつかない
「お母さんいますか　家庭訪問です」
「お母さんは働きに行っていますのでるすです」
「そうですか　では　お母さんによろしく」
ガラガラ　玄関がしまった
急に気持がおちついた
今までの緊張さがぬけていくのを
体に感じた
だれもいないシーンとした家に
時計のフリコの音が
いやに大きく聞えた

編者あとがき　パッパのマリマリ

早川茉莉

あくまでも個人的な嗜好だが、森茉莉のエッセイをざっくりと三つのジャンルにわけて楽しんでいる。「幼い日々」などの情緒系、「ドッキリチャンネル」などのおだまり系、「贅沢貧乏」などの贅沢貧乏系の三ジャンルである。それぞれが魅力あふれる銀河の煌めきなので、どのジャンルがいちばん、と尋ねられても、とても答えられそうにない。森茉莉の作品は、どれも特別なのだ。

だが、森茉莉という作家を知り、好きになった入り口は「父の帽子」なので、思い入れという点では情緒系の作品である。

「父の帽子」に出合った当時の私はまだ小学生だったが、「私は今でも、その平たくて横に大きい父の帽子が眼に浮んで来て、懐しくてならない時がある」、「私はどれだけ父を好きだか知れない自分を意識するのがいつものことで、あった」という一文に胸を締めつけられたことを、今でもはっきり覚えている。相当に「祖父の娘」だったその頃の私には、帽子を被った祖父との散歩が宝物のような時間だったので、「父の帽子」を繰り返し読みながら祖父を思い、祖父との時間を反芻することが密かなよろこびになっていた。今思えば、森茉莉という作家に人生の早い時期に出会えたのは、とてもしあわせなことだったと思う。

そんなこともあり、「父と娘の恋愛のようなもの」をキイワードに、全集、単行本未収録作品を核にしたこの文庫を編むにあたり、「父の帽子」はどうしても収録したいという思いがあった。他の文庫等で読めることは承知の上で収録したことをお断りしておきたい。

「パッパのマリマリ」とは、森茉莉のエッセイにある言い回しである。収録した「録音」という非常に興味深いエッセイからもわかるが、作家・森茉莉について考えるとき、森鷗外の娘として生まれたということは、どうしても避けては通れない点である。

森茉莉は、繰り返し、繰り返し、父・鷗外のことを語り、鷗外と共にあった日々のことをこと細かに綴っている。それは、先に書いたどのジャンルにおいてもそうで、あらゆることが鷗外へとつながっている。一体どれだけパッパのことを書けば気が済むのだろう、と思いつつ、実はそのことを楽しみ、豊かに満腹になっている自分がいることも確かである。

森茉莉の読者であれば、嫁ぐ年齢近くなっても父親の膝に乗っていたことや「上等、上等」と言って育てられたことなどは、おなじみのエピソードだろう。だが、何度もそうしたパッパの思い出に出合いながら、付き合いながらも、黄門様の印籠よろしく、それは外すことのできない決まりごとであり、そのたびに嬉しかったりもするのである。

困難に直面したとき、人は想像力というファンタジーでいつも新しい扉を開けて来た、というようなことをミヒャエル・エンデが書いていたと思うが、困難に直面しても、そのたびに新しい扉を開ける力を与えて来たという意味では、森茉莉にとって鷗外の存在は、ファンタジーそのものだったのかもしれない。

巴里に旅立つ森茉莉を駅で見送ったときの鷗外の様子については、この文庫に収録した「私の恋人森鷗外」の中にもこまかく書かれているが、矢川澄子さんとの対談（『文藝別冊　森茉莉』河出書房新社刊に収録）の中で、森茉莉はこんな風に語っている。

そのときにあたし、何か感じたのね。怨んでいたのは悪かったって。自分がパッパに捨てられたんじゃなくて、自分がパッパを捨てて珠樹のところに行くのを、パッパは「おまり、行くな」って言ってる感じで、下向いたきりでしょ。汽車がガタンと動いたときにパッパは隠しきれなくなって、二度も三度も肯いたのね。おまりの心はみんなわかってたの。そんな恋愛ってどこにもないでしょう。一生恋愛しなくてもいいくらいの場面だった。

一生恋愛しなくてもいいくらいの場面だったとは、何とすごい言葉であり、体験だっただろう。もう恐れ入りました、と言うしかない。

鷗外はまた、微笑、声、言葉遣い、仕草、匂い、手、爪、文字、絵、庭、白菫の押し花、食べもの、洋服、愛情、思い出、言葉にできない「何か」……、そんな有形無形のたくさんのものや思い出を与え、森茉莉もまた、それらを滴る甘い蜜として、はばかることなく飲み込んでいた。そうして蓄えられた蜜の記憶は、やがて黄金になっていき、どんな境遇にあっても、森茉莉の核にあるその輝きが消えることはなかったのである。金メッキは、剝げればそこには偽物が現れるだけだが、彼女の中の魂が帰る場所にあるのは、上等で、本物の黄金だったのだ。だから、現実問題として天井に煤が下がっていても、壁が汚れていても、「豪華は傷つかない」という「贅沢貧乏」の一文は、インテリアに限らず、森茉莉という人の強さだったのではないかと思う。

この文庫には、エッセイだけではなく、森茉莉、五十八歳の頃の講演録も収録した。

第六章の「父のこと・詩を書く少女」がそれだが、この講演もやはり、すべてが鷗外へと通じている。森茉莉の内部にある金脈はパッパがくれたものであり、その埋蔵は汲めども尽きないのだから、書くことであろうが、話すことであろうが、友人との気軽なお喋りであろうが、それはしあわせだった日々を呼び戻すことであり、幸福の上書きをすることでもあったのではないだろうか。

また、講演での森茉莉の上品でていねいな言葉遣いや、みいちゃんという女の子との楽しい日々を語る中で披露されるエピソードなどは、そこに生身の森茉莉が感じられ、読者にとっては実に興味深いことなのではないかと思う。

講演の中で語られている父・鷗外のさまざまなエピソードもまた、読者におなじみのものかもしれないが、競馬石鹼の包み紙、軍服姿、そして、父・鷗外の言ったことばのひとつひとつ……、そういったものを、肉声を変換した言葉を通して読み、そこから導かれるようにイメージしてみると、ウビガンとかコティといった香水や石鹼の残り香が立ち上って来るような気がして、その微かな感触にしばし酔いしれてしまう。また、鷗外その人の姿、微笑にもしびれてしまう。

軍医の軍服が好きで又よく似合いました。一寸緑がかった暗いカアキ色に、襟のところが暗い緑で釦《ボタン》は光らない鈍い銀色で、それが、浅黒くてドイツの詩人で軍人というようなそんな男のような、蔭の深い、微笑の美しい顔にぴったりしていて、大勢の人のいる中で私をみて微笑いますと、満座の中で美しい夫人かなにかにひみつでそっと微笑う男のような、扉の影でひみつの恋の微笑をする男のような、感じの蔭のある、すばらしい微笑なのでした。父のその微笑を、私はどれ程素晴しい恋人がもし出来たとしても、又別のものとして忘れることは出来ないでしょう。

私のおぼえておりますのはもうかなり年をとっておりました時の父なのでございますが、顔の色はイタリアの美術館でみた油絵の僧侶の顔のような、淡黄のところに幾らか紅みがあり、手は淡黄に深くは切らないまっ白な爪が美しく、いつも手に持っていたハヴァナの葉巻の焦茶色もきれいでした。

私たちは文豪・森鷗外を写真で見ることは出来る。だが、まだ読んだことのない本のように、それだけでは知り得ない鷗外、そして、パッパ・鷗外がそこにいる。森茉莉は、何とすてきなことをしてくれたのだろう。そう思うと同時に、何百年に一人現れるかどうかというような稀有な作家をこの世にあらしめた森鷗外もまた、何とすてきなことをしてくれたのだろう、とも思うのである。

ところで、鷗外の口癖が「整理整頓、整理整頓」だったことは、個人的にお気に入りのエピソードなのだが、この講演の中でも、そのことが語られている。清潔できれい好きだった鷗外は、座敷にごみが落ちていたり、要らないものが出ているのが嫌いで、子どもたちがビスケットの粉などをこぼしても、羽箒木で始末するので、「子供のころの千駄木の家の畳は庭の青葉の影がうつる位きれいでした」と語っているのを読むと、改めて、森茉莉という人はこういう環境の中で育ち、暮らしていたのか、とため息をつきながら思った。

森鷗外の整理整頓術。

散らかっていた子供部屋も「先ず一つのものから順に片づければ山のようなものでもすぐに片づく」と言いながら、鷗外が一つずつ合理的に片づけて行った様子を読むと、鷗外の整理整頓術なるものに興味をそそられてしまうのだが、あの森鷗外がこんなことをするのを日常的に見て育っているんだもの、と思い、「私は片づけたくない方でよく母が「あんなに整理整頓と言っていたパッパの子が一体どうしたんだろうねえ」とよく申しました」というくだりを読むと、森茉莉がおよそ片付けるとか掃除をするとかといった習慣をいっさい持たなかったのは当然だろう、と肩入れしたくもなる。「努力というものを母親の胎内に置き忘れて来た人間である」(「源氏と幼女」)という森茉莉の言葉は、案外本当のことだったのではないだろうか。

今回、解説を堀口すみれ子さんに引き受けていただけたことは、この上ないよろこびである。堀口すみれ子さんの「父の形見草」(後に『父の形見草』として文化出版局刊)が雑誌『ミセス』に連載されていた同じ頃、私もまた、同じ雑誌の小さなコーナーで仕事をさせていただいていた。あの頃の私はそんな微かなつながりさえもうれしく、『ミセス』が届くといそいそとお茶を淹れてソファに移動し、まっ先に「父の形見草」を開いて読む、それが「幸福の麵麭種」のような時間だった。当然ながら、堀口すみれ子さんのエッセイによって知った父・堀口大學と娘の姿、堀口大學と過ごした日々に森鷗外と森茉莉のそれを重ね、「パパの娘たち」が過ごしたよき時間というものを上等な一服のお茶のように味わい、憧れたものである。

分けても「朗読のめぐみ」という随筆の最後に、「この稿を父のすてきな詩で終わりたいと思います」と紹介されていた「松」という詩。そのすてきさもさることながら、私としては森茉莉をそこに重ねずにはいられず、森茉莉という人の特別誂えの豪華さ、優雅さとは、こういうものではなかっただろうかと思わずにはいられないのである。

松　　　　　　堀口大學

貴婦人クラスの優雅なくらし
千万本　針はあっても
何も縫わない
風の日に
お琴をすこし

解説　近くて遠い人

堀口すみれ子

六、七歳のころでした、風邪で寝ていた私に、父が「逗子に行くけど欲しい物あるかい?」と訊ねました。私はすかさず「ほーん、本がいい」と少女ブックや少女クラブを頭に描いて頼んだのに、父が買ってくれたのは、「少年少女の為のマンガ日本の文学」といったシリーズの何巻目かの『山椒大夫』でした。「エー、違うのが良かった」と言う私に「まあ読んでごらん」と言っただけでした。『山椒大夫』は、子ども心に恐ろしくまた、面白く何度も何度も読みました。堅い表紙の角が丸くなり、紙が剝けてしまっても、いつまでも手放さずに、私の周りに置いて過ごしました。原作者の森鷗外が、父が詩歌の上の父母と尊敬した与謝野鉄幹・晶子と極めて親しい間柄だったから、本屋の棚の中から『山椒大夫』を選んだのでしょう。その後は鷗外の作品に触れることはなく、お嬢さんの森茉莉（さんを付けて書くと、そんなに親しくありません、とご本人に叱られる気がするので、尊敬の意味で呼び捨てにします）が精力的にエッセイや小説を発表して、のちに「森茉莉かぶれ」という言葉が出来るほど、また自分の名を「茉莉」と筆名にする熱烈なファンが出るほど、一世を風靡した時期があったのを、私は知らずに通り過ぎました。わずかに週刊誌に連載されていた「ドッキリチャンネル」を何回分か読んで父に「こんなに言いたい放題に書いてしまって良いの？」と訊ねた事を覚えています。父がなんと答えたかは忘れました。

ごく最近、父の遺品の未整理の袋に目を通していたら、差出人が森林太郎と記した封書がありました。リンタロウ？　オウガイのこと？　宛て名は？　父ではなく弟の森潤三郎でした。書誌学の専門書の、書名と書きつけでした。なぜ鷗外が弟に宛てた手紙がここに？　父の還暦祝いに、鷗外の手紙を贈ります、という知人からの手紙も見つかりました。うっかりしたらシュレッダーにかけてしまうところでした。鷗外の手紙の発見から十日も経たない内に、この稿の依頼がありました。不思議なご縁を感じます。

既刊の『紅茶と薔薇の日々』『贅沢貧乏のお洒落帖』『幸福はただ私の部屋の中だけに』と本巻『父と私　恋愛のようなもの』を通読して森茉莉の感覚、感性、豊富な語彙をちりばめた滋味溢れる文章世界を知りました。それは耳元で森茉莉がその低い声で、とぎれなく語り続けているのを聴いているような錯覚に陥ります。聴きながら映画のフィルムに映し出されるように、風景も場面も人の心さえ見えます。どの章も息の長い一篇の詩のようです。年を経ても枯れない若い感覚と好みの激しさは持ち前の性格でしょうか？　思ったことをはっきりと言えるのは、受け入れられて育った由縁でしょうか？

森茉莉の原点はパッパの膝の中のようです。いつでもどんなときでも、たとえ鷗外が読書中でも執筆中でも、静かにハヴァナをくゆらせているときでも、手にしたハヴァナの灰を落とすと味が落ちるので、傍らの本棚や机のへりにそーと置き、茉莉を揺籃のような自分の膝の中に入れ、背中を撫でながら「お茉莉は上等、目も上等、眉も上等、鼻も上等、ほっぺたも上等、性質も素直でおとなしい」と祈りのごとくお茉莉賛歌を耳元で唱え続けた、という原体験を森茉莉は繰り返し思いだして、心象風景を呼び起こします。パッパの膝の中と同様に、巻中に何度も出てくる大きな木、庭の茂みの中で季節になると白い花を降るように咲かせる特別な木、提灯の木（後に金竜辺と呼ぶ）の下が最大の安らぎの場所であって、パッパの膝の中と同じくらい頻繁にその大きな木の下に這入って、白い花にハヴァナの匂いを嗅ぎ、渡る風にパッパのお茉莉賛歌の声を聴き、枝を透かして仰ぐ空に自分に向けて来る、恋する人のようなパッパのまなざしを感じていました。パッパの膝の中と提灯の木の下の原体験は、生涯を通してどんなときでも森茉莉の心張棒だったかと思います。

森茉莉は兄妹の中で、自分一人が鷗外の愛を独占していたと言い切ります、茉莉五歳のとき弟の不律とともに百日咳に罹り、奇跡的に茉莉は助かり、一歳にも満たない不律は亡くなってしまいました。医者も両親も一度はあきらめた茉莉の命だったようです、死線を越えて生還した茉莉を鷗外はどれほど愛《いと》しく大切に思ったでしょう。慈愛あふれる眼差しを一身に受け、なにをしても許されて、感性豊かな茉莉と鷗外の二人の間には、二人だけの密度濃い情趣があった、それは「恋愛のようなもの」と茉莉は繰り返します。

本巻『父と私　恋愛のようなもの』を繰り返し読み、いつの間に森茉莉を自分に、鷗外を父に引き寄せていました。父も慈愛に満ちた人でした。森茉莉同様私も父が年を取ってから生まれました。父のやり方で可愛がってくれました。しかし私は森茉莉ほどの感受性がなく、父が示してくれた恩寵を受け止めることができませんでした。私が父の愛情の深さを知ったのは、父が亡くなった後です。他の父親を知りませんから、どの家も父親は同じようなもの、と思って育ちました。修学旅行の行く先々のその日の宿に、私より先に父からの手紙が待っていました。修学旅行の行く先々に親からの手紙が届いているなんて私だけでした。筆まめな父の半分嬉しくて半分迷惑な行為、くらいに思っていました。

鷗外は来客が茉莉の顔を誉めないで、着ている着物を誉めたと、客の帰ったあと本気で憤慨して機嫌が悪かったそうです。

頑是ない茉莉の行く先を案じ、年若いうちに結婚させれば、婚家で行き届かない嫁であっても、まだ若いのだから……と大目に見て貰えるだろうと考えて、十五歳で見合いをさせ、十六歳で嫁がせました。それも婚家に使用人の四、五人位はいなければ茉莉は収まらないだろうと吟味して。一方、私が結婚すると言いだしたとき、「お嫁になんていかないで、ずーっと家にいればいい、パパが死ぬまで傍に居ておくれ、女の人には適齢期なぞないのだよ、一人で居ればいつだって適齢期さ」と言う父の反対を押し切って結婚するのは大変でした。両極端ですけれど、鷗外も父も、無責任。親馬鹿。なぞと決して言えない親心です。結婚のいきさつが右の通りでしたから森茉莉は嫌になったらさっさと別れられたのかも知れません。一方、私は大反対された結婚でしたので「まだ嫌にならないのかい？　帰っておいで」と言われれば言われるほど帰れませんでした。

父から日常的に鉄幹・晶子、（永井）荷風、（佐藤）春夫、（萩原）朔太郎、（室生）犀星、（三好）達治、の名を聞いて暮していましたが、鷗外の名はほとんど聞いたことがありませんでした。唯一『山椒大夫』を風邪で寝ている私に「読んでごらん」と選んでくれたのが最初で最後でした。けれど父は森茉莉が師と親しんだ犀星が亡くなられた時には、長文の追悼詩を書いています。亡くなられる少し前には、お嬢さんの朝子さんから連絡を受けて、父と私は虎の門病院にお別れに行きました（私はエレベーターホールで待っていただけです）。晩年の森茉莉と親友だったという萩原葉子さんの父上の朔太郎は父にとって遠くない存在でした。ほんのわずかな時の差で、お会いする機会がなくて残念でしたが、同一の円の中にいた方でした。

書ききれない共通項がたくさんあって、森茉莉は私にとって身近で慕わしいと思う反面、近づいて息吹に触れたら、たちまち「森茉莉かぶれ」に感染するでしょう。近くて遠い人、と感じているほうが安全な気がします。

（堀口大學長女・文筆家）

初出一覧

第一章　幼い恋

私の恋人森鷗外　「みどり」一九五九年一月号、学燈社
父と私　『森茉莉全集』第一巻『父の帽子』所収、筑摩書房
父のことなぞ　『森茉莉全集』第七巻『浮浪草紙』所収、筑摩書房
白菫と鷗外　『森茉莉全集』第七巻「ドッキリチャンネル」所収、筑摩書房
父母の話　『森茉莉全集』第七巻「ドッキリチャンネル」所収、筑摩書房
志賀正浩の金銭感覚　『森茉莉全集』第六巻「ドッキリチャンネル」所収、筑摩書房
たった一度だけの小言　『森茉莉全集』第五巻所収、筑摩書房
父と私との間にあった恋愛のようなもの　『森茉莉全集』第六巻「ドッキリチャンネル」所収、筑摩書房
父のこと　1　『森茉莉全集』第七巻『浮浪草紙』所収、筑摩書房
父のこと（雛の顔、父の書いた処方、父と母との病死）『森茉莉全集』第七巻『浮浪草紙』所収、筑摩書房
昔、ツウレに王ありき　『森茉莉全集』第七巻『浮浪草紙』所収、筑摩書房

第二章　鷗外の情緒教育

無ければ生きてゆけぬ蜜の香りの空気　「ブルータス」一九八〇年一一月一五日号、マガジンハウス
素敵な少年たち　「組本1 遊ち組〈ホモエロス〉」一九七九年九月、工作舎
私のイタセクスアリス　「週刊読売」一九七三年六月号、読売新聞社
病気の経験、百日咳　「月刊社会保険」一九八四年三月号
薬と私　「潮」一九六七年七月号、潮出版社
顎髭を生やした主治医　「潮」一九七三年一〇月号、潮出版社
運動会と私　「郵政」一九六六年一〇月号、郵政弘済会
私の聴いた童話—清心丹の香いの中で—　「本の本」一九七六年三月号、ボナンザ
小さな反抗　「月刊保育カリキュラム」一九六二年七月号、ひかりのくに
まま母への恐れ　出典不明
宿題と父　『森茉莉全集』第七巻「ドッキリチャンネル」所収、筑摩書房
オックスフォード大学の女生徒　『森茉莉全集』第七巻「ドッキリチャンネル」所収、筑摩書房
情緒教育　『森茉莉全集』第七巻所収、筑摩書房
女が誰かを好きになったら　『森茉莉全集』第七巻所収、筑摩書房

第三章　パッパ……
父の帽子　『森茉莉全集』第一巻『父の帽子』所収、筑摩書房
「パッパ」と　『森茉莉全集』第一巻所収、筑摩書房
「飛行機」と女優志願　『森茉莉全集』第七巻「ドッキリチャンネル」所収、筑摩書房
旅「暮しの知恵」一九六五年四月号、学習研究社
巴里から、今へ　佐藤嘉尚編「面白半分 best 随舌選」二〇〇七年、文藝春秋

第四章　甘い蜜の記憶
基督教『森茉莉全集』第六巻「ドッキリチャンネル」所収、筑摩書房
父親とは何か　『森茉莉全集』第七巻「ドッキリチャンネル」所収、筑摩書房
盃の音　『森茉莉全集』第七巻「ドッキリチャンネル」所収、筑摩書房
父の手紙　『森茉莉全集』第七巻『浮浪草紙』所収、筑摩書房
父、鷗外の書　『森茉莉全集』第五巻所収、筑摩書房
蜜の記憶「東京新聞」一九五九年一一月二四日朝刊
西洋人　『森茉莉全集』第六巻「ドッキリチャンネル」所収、筑摩書房
(林作と林太郎)　『森茉莉全集』第六巻「ドッキリチャンネル」所収、筑摩書房
刺　『森茉莉全集』第一巻『父の帽子』所収、筑摩書房
父の最終の日々　その他　『森茉莉全集』第六巻「ドッキリチャンネル」所収、筑摩書房
父親とは何か?、自惚れの芽生え　『森茉莉全集』第七巻「ドッキリチャンネル」所収、筑

摩書房

第五章　作家・鷗外と私

鷗外と林太郎　『森茉莉全集』第五巻所収、筑摩書房

AとBとの会話――鷗外について　『森茉莉全集』第五巻所収、筑摩書房

父の雛　『森茉莉全集』第五巻所収、筑摩書房

父の飜訳　『森茉莉全集』第一巻所収、筑摩書房

仲谷昇の「侍」、父の翻訳小説の影響　『森茉莉全集』第六巻「ドッキリチャンネル」所収、筑摩書房

鷗外という筆名　『森茉莉全集』第七巻「ドッキリチャンネル」所収、筑摩書房

鷗外と私　『森茉莉全集』第七巻「ドッキリチャンネル」所収、筑摩書房

録音――二つの困惑　『森茉莉全集』第一巻『靴の音』所収、筑摩書房

第六章　父のこと・詩を書く少女

父のこと・詩を書く少女　「詩界」一九六二年三月号、日本詩人クラブ（一九六一年六月例会講話）

父のこと・詩を書く少女（二）　「詩界」一九六二年六月号、日本詩人クラブ（一九六一年六月例会講話）

・本書『父と私　恋愛のようなもの』は作家・森茉莉の作品から、編者の早川茉莉が父である森鷗外について書いたエッセイを編んだオリジナル・アンソロジーです。
・文庫化にあたり、それぞれのエッセイの初出の雑誌、『森茉莉全集』全八巻（筑摩書房）を底本としました。
・各作品の文字遣いには表記の揺れがありますが、この文庫では読みやすさを考慮し、固有名詞の表記はそのまま、旧かな遣いと新かな遣いの揺れは新かな遣いに統一、漢字は作品の表記どおりところどころ正字を用いています。
・「ドッキリチャンネル」から収録したエッセイのうち、見出しがないものにつきましては、便宜上、編者がつけ、（　）を付しました。
・また、ところどころにルビを補いました。
・本書には、今日では差別的ととられかねない表現がありますが、作者が故人であることと、執筆当時の時代背景を考え、原文のままとしました。

せどり男爵数奇譚　梶山季之

せどり＝掘り出し物の古書を安く買って高く転売することを業とすること。古書の世界に魅入られた人々を描く傑作ミステリー。（永江朗）

川三部作 泥の河／螢川／道頓堀川　宮本輝

太宰賞「泥の河」、芥川賞「螢川」、そして「道頓堀川」と、川を背景に独自の抒情をこめて創出した、宮本文学の原点をなす三部作。

私小説 from left to right　水村美苗

12歳で渡米し滞在20年目を迎えた「美苗」。アメリカにも溶け込めず、今の日本にも違和感を覚え……。本邦初の横書きバイリンガル小説。

ラピスラズリ　山尾悠子

言葉の海が紡ぎだす、〈冬眠者〉と人形と、春の目覚めの物語。不世出の幻想小説家が20年の沈黙を破り発表した連作長篇。補筆改訂版。（千野帽子）

増補 夢の遠近法　山尾悠子

「誰かが私に言ったのだ／世界は言葉でできていると」。誰も夢見たことのない世界が、ここではじめて言葉になった。新たに二篇を加えた増補決定版。

兄のトランク　宮沢清六

兄・宮沢賢治の生と死をそのかたわらでみつめ、兄の死後も烈しい空襲や散佚から遺稿類を守りぬいてきた実弟が綴る、初のエッセイ集。

真鍋博のプラネタリウム　真鍋博　星新一

名コンビ真鍋博と星新一。二人の最初の作品『おーい　でてこーい』他、星作品に描かれた挿絵と小説冒頭をまとめた幻の作品集。（真鍋真）

鬼譚　夢枕獏編著

夢枕獏がジャンルにとらわれず、古今の「鬼」にまつわる作品を蒐集した傑作アンソロジー。坂口安吾、手塚治虫、山岸凉子、筒井康隆、馬場あき子、他。

茨木のり子集 言の葉（全3冊）　茨木のり子

しなやかに凜と生きた詩人の歩みの跡を、詩とエッセイで編んだ自選作品集。単行本未収録の作品なども収め、魅力の全貌をコンパクトに纏める。

言葉なんかおぼえるんじゃなかった　田村隆一・語り　長薗安浩・文

戦後詩を切り拓き、常に詩の最前線で活躍し続けた伝説の詩人・田村隆一が若者に向けて送る珠玉のメッセージ。代表的な詩25篇も収録。（穂村弘）

色を奏でる　志村ふくみ・文　井上隆雄・写真
色と糸と織――それぞれに思いを深めて織り続ける染織家にして人間国宝の著者の、エッセイと鮮かな写真が織りなす豊醇な世界。オールカラー。

遠い朝の本たち　須賀敦子
一人の少女が成長する過程で出会い、愛しんだ文学作品の数々を、記憶に深く残る人びとの想い出とともに描くエッセイ。（末盛千枝子）

性分でんねん　田辺聖子
あわれにもおかしい人生のさまざま、また書物の愉しみのあれこれ。硬軟自在の名手、お聖さんの切口がますます冴えるエッセー。（氷室冴子）

「赤毛のアン」ノート　高柳佐知子
アンの部屋の様子、グリーン・ゲイブルズの自然、アヴォンリーの地図など、アン心酔の著者がカラー絵と文章で紹介。書き下ろしを増補しての文庫化。

おいしいおはなし　高峰秀子編
向田邦子、幸田文、山田風太郎……著名人23人の美味な思い出。文学や芸術にも造詣が深かった往年の大女優・高峰秀子が厳選した珠玉のアンソロジー。

うつくしく、やさしく、おろかなり　杉浦日向子
生きることを楽しもうとしていた江戸人たち。彼らの紡ぎ出した文化にとことん惚れ込んだ著者がその思いの丈を綴った最後のラブレター。（松田哲夫）

るきさん　高野文子
のんびりしていてマイペース、だけどどっかヘンテコな、るきさんの日常生活って？　独特な色使いが光るオールカラー。ポケットに一冊どうぞ。

それなりに生きている　群ようこ
日当たりの良い場所を目指して仲間を蹴落とすカメ、迷子札をつけているネコ、自己管理している犬。文庫化に際し、二篇を追加して贈る動物エッセイ。

玉子ふわふわ　早川茉莉編
国民的な食材の玉子、むきむきで抱きしめたい！　森茉莉、武田百合子、吉田健一、山本精一、宇江佐真理ら37人が綴る玉子にまつわる悲喜こもごも。

なんたってドーナツ　早川茉莉編
貧しかった時代の手作りおやつ、日曜学校で出合った素敵なお菓子、毎朝宿泊客にドーナツを配るホテル、哲学させる穴……。文庫オリジナル。

沈黙博物館　小川洋子

「形見じゃ」老婆は言った。死の完結を阻止するために形見が盗まれる。死者が残した断片をめぐるやさしくスリリングな物語。（堀江敏幸）

星間商事株式会社社史編纂室　三浦しをん

二九歳「腐女子」川田幸代、社史編纂室所属。恋の行方も友情の行方も五里霧中。仲間と共に「同人誌」を武器に社の秘められた過去に挑む!?（金田淳子）

通天閣　西加奈子

このしょーもない世の中に、救いようのない人生に、ちょっぴり暖かい灯を点す驚きと感動の物語。第24回織田作之助賞大賞受賞作。（津村記久子）

この話、続けてもいいですか。　西加奈子

ミッキーこと西加奈子の目を通すと世界はワクワク、ドキドキ輝く。いろんな人、出来事、体験がてんこ盛りの豪華エッセイ集！（中島たい子）

水辺にて　梨木香歩

川のにおい、風のそよぎ、木々や生き物の息づかい。カヤックで水辺に漕ぎ出すと見えてくる世界を、物語の予感いっぱいに語るエッセイ。（酒井秀夫）

ピスタチオ　梨木香歩

棚（たな）がアフリカを訪れたのは本当に偶然だったのか。不思議な出来事の連鎖から、水と生命の壮大な物語「ピスタチオ」が生まれる。（管啓次郎）

冠・婚・葬・祭　中島京子

人生の節目に、起こったこと、出会ったひと、考えたこと。冠婚葬祭を切り口に、鮮やかな人生模様が描かれる。第143回直木賞作家の代表作。（瀧井朝世）

図書館の神様　瀬尾まいこ

赴任した高校で思いがけず文芸部顧問になってしまった清（きよ）。そこでの出会いが、その後の人生を変えてゆく。鮮やかな青春小説。（山本幸久）

僕の明日を照らして　瀬尾まいこ

中2の隼太に新しい父が出来た。優しい父はしかしDVする父でもあった。この家族を失いたくない！隼太の闘いと成長の日々を描く。（岩宮恵子）

君は永遠にそいつらより若い　津村記久子

22歳処女。いや「女の童貞」と呼んでほしい――。日常の底に潜むうっすらとした悪意を独特の筆致で描く。第21回太宰治賞受賞作。（松浦理英子）

アレグリアとは仕事はできない　津村記久子

彼女はどうしようもない性悪だった。すぐ休み単純労働をバカにし男性社員に媚を売る。大型コピー機とミノベとの仁義なき戦い！（千野帽子）

こちらあみ子　今村夏子

太宰治賞と三島由紀夫賞、ダブル受賞を果たした異才、衝撃のデビュー作。3年半ぶりの書き下ろし「チズさん」を収録。（町田康／穂村弘）

すっぴんは事件か？　姫野カオルコ

女性用エロ本におけるオカズ職業は？　本当の小悪魔とはどんなオンナか？　世間にはびこる甘ったれた「常識」をほじくり鉄槌を下すエッセイ集。

絶叫委員会　穂村弘

町には、偶然生まれては消えてゆく無数の詩が溢れている。不合理でナンセンスで真剣だからこそ可笑しい、天使的な言葉たちへの考察。（南伸坊）

ねにもつタイプ　岸本佐知子

何となく気になることにこだわる、ねにもつ。思索、奇想、妄想はばたく脳内ワールドをリズミカルな名短文でつづる。第23回講談社エッセイ賞受賞。

杏のふむふむ　杏

連続テレビ小説「ごちそうさん」で国民的な女優となった杏が、それまでの人生を、人との出会いをテーマに描いたエッセイ集。（村上春樹）

うれしい悲鳴をあげてくれ　いしわたり淳治

作詞家、音楽プロデューサーとして活躍する著者の小説&エッセイ集。彼が「言葉」を紡ぐと誰もが楽しめる「物語」が生まれる。（鈴木おさむ）

つむじ風食堂の夜　吉田篤弘

それは、笑いのこぼれる夜。――食堂は、十字路の角にぽつんとひとつ灯をともしていた。クラフト・エヴィング商會の物語作家による長篇小説。

小路幸也少年少女小説集　小路幸也

「東京バンドワゴン」で人気の著者による子供たちを主人公にした作品集。多感な少年期の姿を描き出す。単行本未収録作を多数収録。文庫オリジナル。

包帯クラブ　天童荒太

傷ついた少年少女達は、戦わないかたちで自分達の大切なものを守ることにした。生きがたいと感じるすべての人に贈る長篇小説。大幅加筆して文庫化。

整体入門 野口晴哉

日本の東洋医学を代表する著者による初心者向け野口整体のポイント。体の偏りを正す基本の「活元運動」から目的別の運動まで。（伊藤桂一）

風邪の効用 野口晴哉

風邪は自然の健康法である。風邪をうまく経過すれば体の偏りを修復できる。風邪を通して人間の心と体を見つめた、著者代表作。（伊藤桂一）

整体から見る気と身体 片山洋次郎

「整体」は体の歪みの矯正ではなく、歪みを活かしてのびのびした体にする。老いや病はプラスにもなる。滔々と流れる生命観。よしもとばなな氏絶賛！

大和なでしこ整体読本 三枝誠

体が変われば、心も変わる。「野口整体」「養神館合気道」などをベースに多くの身体を観てきた著者が、簡単に行える効果抜群の健康法を解説。

東洋医学セルフケア365日 長谷川淨潤

風邪、肩凝り、腹痛など体の不調を自分でケアできる方法満載。整体、ヨガ、自然療法等に基づく呼吸法、運動等で心身が変わる。索引付。必携！

身体能力を高める「和の所作」 安田登

なぜ能楽師は80歳になっても颯爽と舞うことができるのか？「すり足」「新聞パンチ」等のワークで大腰筋を鍛え集中力をつける。（内田樹）

わたしが輝くオージャスの秘密 服部みれい 蓮村誠監修

インドの健康法アーユルヴェーダでオージャスとは生命エネルギーのこと。オージャスを増やして元気で魅力的な自分になろう。モテる！願いが叶う！

身体感覚を磨く12カ月 松田恵美子

冬は蒸しタオルで首を温め、梅雨時は息を吐き切る練習をする。ヨーガや整体の技を取り入れたセルフケアで元気になる。鴻上尚史氏推薦。

もの食う本 木村衣有子 武藤良子・絵

四十冊の「もの食う」本たち。文学からノンフィクション、生活書、漫画まで、白眉たる文章を抜き出し咀嚼し味わう一冊。

Land Land Land 岡尾美代子

旅するスタイリストは世界中でかわいいものを見つけます。旅の思い出とプライベートフォトをA (airplane) からZ (zoo) まで集めたキュートな本。

買えない味　平松洋子
一晩寝かしたお芋の煮っころがし、土瓶で淹れた番茶、風にあてた干し豚の滋味……日常の中にこそある、おいしさを綴ったエッセイ集。（中島京子）

味覚日乗　辰巳芳子
春夏秋冬、季節ごとの恵み香り立つ料理歳時記。日々のあたりまえの食事を、自らの手で生み出す喜びと呼吸を、名文章で綴る。（藤田千恵子）

諸国空想料理店　高山なおみ
注目の料理人の第一エッセイ集。世界各地で出会った料理をもとに空想力を発揮して作ったレシピ。よしもとばなな氏も絶賛。（南椌椌）

くいしんぼう　高橋みどり
高望みはしない。ゆでた野菜を盛るくらい。でもごはんはちゃんと炊く。料理する、食べる、それを繰り返す、読んでおいしい生活の基本。（高山なおみ）

わたしの日常茶飯事　有元葉子
毎日のお弁当の工夫、気軽にできるおもてなし料理、見せる収納法やあっという間にできる掃除術など。これで暮らしがぐっと素敵に！（村上卿子）

イギリス人の知恵に学ぶ「これだけはしてはいけない」夫婦のルール　ブランチ・エバット　井形慶子監訳
一九一三年に刊行され、イギリスで時代を超えて読み継がれてきたロングセラーの復刻版。現代の日本でも妙に納得できるところが不思議。

寄り添って老後　沢村貞子
長年連れ添った夫婦が老いと向き合い毎日を心豊かに暮らすには――。浅草生まれの女優・沢村貞子さんの晩年のエッセイ集。（森まゆみ）

小津ごのみ　中野翠
小津監督は自分の趣味・好みを映画に最大限取り入れた。インテリア、雑貨、俳優の顔かたち、仕草や口調、会話まで。斬新な小津論。（与那原恵）

言葉を育てる　米原万里対談集　米原万里
この毒舌が、もう聞けない……類い稀なる言葉の遣い手、米原万里さんの最初で最後の対談集。VS.林真理子、児玉清、田丸公美子、糸井重里ほか。

湯ぶねに落ちた猫　吉行理恵　小島千加子編
「猫を看取ってやれて良かった」。愛する猫たちを題材にした随筆、小説、詩で編む、猫と詩人の優しい空間。文庫オリジナル。（浅生ハルミン）

ちくま日本文学（全40巻）　ちくま日本文学

小さな文庫の中にひとりひとりの作家の宇宙がつまっている。一人一巻、全四十巻。何度読んでも古びない作品と出逢う、手のひらサイズの文学全集。

ちくま文学の森（全10巻）　ちくま文学の森

最良の選者たちが、古今東西を問わず、あらゆるジャンルの作品の中から面白いものだけを基準に選んだ、伝説のアンソロジー、文庫版。

ちくま哲学の森（全8巻）　ちくま哲学の森

「哲学」の狭いワク組みにとらわれることなく、あらゆるジャンルの中からとっておきの文章を厳選。新鮮な驚きに満ちた文庫版アンソロジー集。

宮沢賢治全集（全10巻）　宮沢賢治

『春と修羅』、『注文の多い料理店』はじめ、賢治の全作品及び異稿を、綿密な校訂と定評ある本文によって贈る話題の文庫版全集。書簡など2巻増巻。

芥川龍之介全集（全8巻）　芥川龍之介

確かな不安を漠然とした希望の中に生きた芥川の全貌。名手の名をほしいままにした短篇から、日記、随筆、紀行文までを収める。

梶井基次郎全集（全1巻）　梶井基次郎

「檸檬」「泥濘」「桜の樹の下には」「交尾」をはじめ、習作・遺稿を全て収録し、梶井文学の全貌を伝える。一巻に収めた初の文庫版全集。（高橋英夫）

夏目漱石全集（全10巻）　夏目漱石

時間を超えて読みつがれる最大の国民文学を、10冊に集成して贈る画期的な文庫版全集。全小説及び小品、評論に詳細な注・解説を付す。

太宰治全集（全10巻）　太宰治

第一創作集『晩年』から太宰文学の総結算ともいえる『人間失格』、さらに『もの思う葦』ほか随想集も含め、清新な装幀でおくる待望の文庫版全集。

中島敦全集（全3巻）　中島敦

昭和十七年、一筋の光のように登場し、二冊の作品集を残してまたたく間に逝った中島敦——その代表作から書簡までを収め、詳細小口注を付す。

山田風太郎明治小説全集（全14巻）　山田風太郎

これは事実なのか？　フィクションか？　歴史上の人物と虚構の人物が明治の東京を舞台に繰り広げる奇想天外な物語。かつ新時代の裏面史。

名短篇、ここにあり　北村薫・宮部みゆき編
読み巧者の二人の議論沸騰し、選びぬかれたお薦め小説12篇。となりの宇宙人／冷たい仕事／隠し芸の男／少女架刑／あしたの夕刊／網／誤訳ほか。

名短篇、さらにあり　北村薫・宮部みゆき編
小説って、やっぱり面白い。人間の愚かさ、不気味さ、人情が詰まった奇妙な12篇。華燭／骨／雲の小径／押入の中の鏡花先生／不動図／鬼火／家霊ほか。

読まずにいられぬ名短篇　北村薫・宮部みゆき編
松本清張のミステリを倉本聰が時代劇に⁉　あの作家の知られざる逸品からオチの読めない怪作まで厳選の18作。北村・宮部の解説対談付き。

教えたくなる名短篇　北村薫・宮部みゆき編
宮部みゆきを驚嘆させた、時代に埋もれた名作家・長谷川修の世界とは？　人生の悲喜こもごもが詰まった珠玉の13作。北村・宮部の解説対談付き。

世界幻想文学大全
幻想文学入門　東雅夫編著
幻想文学のすべてがわかるガイドブック。澁澤龍彥、中井英夫、カイヨワ等の幻想文学案内のエッセイも収録し、資料も充実。初心者も通も楽しめる。

世界幻想文学大全
怪奇小説精華　東雅夫編
ルキアノスから、デフォー、メリメ、ゴーチエ、ゴーゴリ……時代を超えたベスト・オブ・ベスト。岡本綺堂、芥川龍之介等の名訳も読みどころ。

日本幻想文学大全
幻妖の水脈　東雅夫編
『源氏物語』から小泉八雲、泉鏡花、江戸川乱歩、都筑道夫……。妖しさ蠢く日本幻想文学、ボリューム満点のオールタイムベスト。

日本幻想文学大全
幻視の系譜　東雅夫編
世阿弥の謡曲から、小川未明、夢野久作、宮沢賢治、中島敦、吉村昭……。幻視の閃きに満ちた日本幻想文学の逸品を集めたベスト・オブ・ベスト。

60年代日本SFベスト集成　筒井康隆編
「日本SF初期傑作集」とでも副題をつけるべき作品集である（編者）。二十世紀日本文学のひとつの里程標となる歴史的アンソロジー。（大森望）

70年代日本SFベスト集成1　筒井康隆編
日本SFの黄金期の傑作を、同時代にセレクトした記念碑的アンソロジー。SFに留まらず「文学の新しい可能性」を切り開いた作品群。（荒巻義雄）

ちくま文庫

父《ちち》と私《わたし》　恋愛《れんあい》のようなもの

二〇一八年五月十日　第一刷発行

著　者　森茉莉（もり・まり）
編　者　早川茉莉（はやかわ・まり）
発行者　山野浩一
発行所　株式会社　筑摩書房
東京都台東区蔵前二―五―三　〒一一一―八七五五
振替〇〇一六〇―八―四一二三
装幀者　安野光雅
印刷所　株式会社精興社
製本所　株式会社積信堂

乱丁・落丁本の場合は、左記宛にご送付下さい。
送料小社負担でお取り替えいたします。
ご注文・お問い合わせも左記へお願いします。
筑摩書房サービスセンター
埼玉県さいたま市北区櫛引町二―六〇四　〒三三一―八五〇七
電話番号　〇四八―六五一―〇〇五三

ISBN978-4-480-43517-0 C0195